フォークナーの晩年様式《レイト・スタイル》
——その展開と変容

山本裕子

松籟社

【目次】フォークナーの晩年様式《レイト・スタイル》――その展開と変容

フォークナーの晩年様式《レイト・スタイル》——その展開と変容

両親と夫へ

序章

レイト・フォークナー

後期作品研究

フォークナーに「〈レイト・スタイル〉はあるのか？」――一九八九年の国際シンポジウムにおいてマイケル・ミルゲイトが発した問いである。(1) 三〇数年を経た今なお、この重要な問題については答えが出されていない。ミルゲイトが提起した問題は、それだけ先駆的なものだったといえよう。後期フォークナー研究は、まだ始まったばかりなのである。

フォークナーの後期作品群は、今日においても批評的評価が定まっていない。なぜなら、これまで多くの研究者の関心は、彼の全盛期とされる一九二九年から一九四二年の一三年間――いわゆる「主要期」[2]——に発表された長編小説に集中してきたからである。『響きと怒り』（一九二九年）、『死の床に横たわりて』（一九二九年）、『八月の光』（一九三二年）、『アブサロム、アブサロム！』（一九三六年）、『野性の棕櫚』（一九三九年）、『村』（一九四〇年）、『行け、モーセ』（一九四二年）など、フォークナーの「傑作」とされる中期の作品群である。これらの作品が出版されたとき、フォークナーは三二歳から四五歳。まさに働き盛りといわれる年代であった。だが、彼の作家人生は、一九六二年に六四歳の生涯を閉じるその日まで続いたのだから、そこからなお二〇年ほどが残されている。その間、短編集三作と長編五作を世に送り出し、つづく六作目の長編『自動車泥棒——ある回想』（一九六二年）を出版したのは、予期せぬ死が訪れる一か月ほど前のことだった。死の直前まで旺盛な執筆活動を続けていたにもかかわらず、フォークナーの後期作品に関する批評は驚くほど少ない。一方、初期作品研究の方は、生前未発表の習作までも研究対象に含めた影響力のある研究書が複数でており、後期作品に比べれば再評価の試みが進んでいる。[3]

こうした批評の偏向は、一九九〇年代初頭にはすでに指摘されていた。たとえば、一九九二年開催のフォークナーとヨクナパトーファ会議にて、ノエル・ポークがこの偏りについて次のように要約した。フォークナー研究者は、初期中期の作品を対象とする「作品研究」と後期の作家を対象とする「作家研究」との二者択一をしてきたのだと。そして、圧倒的多数の研究者が前者を選んできたのであり、後者を選んだ一部の研究者にしても、作家の公的発言から窺える政治的立場や思想を議論の中心に据え、後期作品自体を論じることはほとんどなかったという。[4]つまり、フォークナー研究において後期作品は、テレサ・M・タウナーの言を借りるならば、「不当に低い評価を受けるか見過ごされるかのどちらか」[5]

であったのだ。

一九九〇年代前後には、たしかに後期作品を再評価しようという機運が高まっていたように思われる。前述のミルゲイトとポークの他にも、ジェイムズ・キャロザース、ハンス・H・シェイ、カール・F・ゼンダーといった批評家たちが、各々の論考において、後期作品も検討すべきであるという至極妥当な主張をしていた。(6) とりわけ影響力があったのは、一九八八年に出版されたローレンス・H・シュウォーツの著書『フォークナーの名声をつくる――近代文芸批評の政治学』だろう。フォークナー文学の評価は、本来ならば立場の異なる新批評主義者とニューヨーク知識人の協働によって――それも国務省、ロックフェラー財団、ランダムハウス社という後方支援を得て――冷戦を背景に「つくられた」と説得力をもって示したのだ。

冷戦期の文学正典の生成過程《キャノン・メイキング》をつまびらかにしたシュウォーツの著作は、フォークナー批評のあり方を根本から揺るがすものだった。そもそも、第二次世界大戦後のフォークナーの文学的名声の確立に多大な貢献をしたのは、新批評主義の旗手として知られるクリアンス・ブルックスやロバート・ペン・ウォレンだった。「精巧につくられた壺」としての芸術性――すなわち、テーマと構造との有機的な調和や統一された形式といったもの――を何よりも重視する彼らは、審美的、非政治的、前衛的な作風とみたフォークナーの中期作品を高く評価する一方で、作家自身が「複雑で形の整わない〈スタイル〉」(7)と評する後期作品を顧みなかった。また、アルフレッド・ケイジンやアーヴィング・ハウといったニューヨーク知識人たちも、三〇年代には非政治的な作風を批判していた中期作品について、五〇年代には現代人の苦悩や時代精神といった普遍的価値観が描き込まれているとして評価を上方修正していた。(8) シユウォーツは、こうしたフォークナー批評自体がはらむイデオロギー性を指摘し、文学的価値を定める文芸批評の評価基準は絶対的でないという批評的内省を促したのであり、これがフォークナーの後期作品の再評価への要請につながったのである。

実際のところ、中期作品群こそがフォークナーの最高傑作であるとの批評的総意が後年になってから構築されたものであることは、同時代的評価においては後期作品の方が圧倒的に高かったという事実に鑑みても明らかだ。今日の批評において早熟の天才とされる彼は、実人生においては大器晩成であったのである。第二次世界大戦の頃、それまでのフォークナーの長編小説は、マルカム・カウリー編纂『ポータブル・フォークナー』(一九四六年)が指摘するように、『サンクチュアリ』をのぞいて全て絶版となっていた。[9] 一九三九年には、『野性の棕櫚』の出版にあわせ、フォークナーの「顔」が『タイム』誌(一月二三日号)の表紙を飾り、全米文芸協会会員にも選出されていたが、フォークナーへの評価が目に見えて高まったのは、『ポータブル』出版以降である。[10] 一九四八年にアメリカ芸術院の文学部門の新会員として選出された彼は、一九五〇年、ウィリアム・ディーン・ハウエルズ賞、全米図書賞(『ウィリアム・フォークナー短編集』)、ノーベル文学賞と、名だたる文学賞を総なめにする。一九五一年にはフランス政府よりレジオン・ドヌール勲章シュヴァリエを授与され、一九五五年には『寓話』(一九五四年)によってピューリッツァー賞と全米図書賞の両方を獲得する。一九五七年にはヴァージニア大学初の「在住作家《ライター・イン・レジデンス》」、一九六〇年には同大学英文科の終身講師となる。没年の一九六二年には、全米文芸協会の金メダルも授与されている。さらに、没後一年の一九六三年、『自動車泥棒』(一九六二年)はピューリッツァー賞を受賞する。このように、フォークナーの作家としての地位が確立されたのは、四〇年代も後半になってからであり、押しも押されもせぬ文壇の大御所となったのは、五〇年代に入ってからである。この事実だけをとってみても、フォークナー批評の偏向を修正する必要性は明らかだろう。

しかし、ミルゲイトの問いに対する一応の回答には、二〇〇〇年に出版されたテレサ・M・タウナーの単著『人種境界線上のフォークナー――後期小説群』を待たなければならなかった。もちろん、それまでに後期作品を対象とする研究がまったくなかったわけではない。たとえば、後期五長編の各論を含むジョーゼフ・L・ゴールドの古典的な書である『ウィリアム・フォークナー』（一九六六年）や、その結論部で後期作品を扱うジェイムズ・A・スニードの著書『分裂の形象』（一九八六年）、スノープス三部作を扱うジョーゼフ・R・アーゴの『フォークナーのアポクリファ』（一九八九年）が挙げられる[11]。日本においても、フォークナーの全著作をその射程とした大橋健三郎による大部の研究書『ウィリアム・フォークナー研究』（一九九六年）、『尼僧への鎮魂歌』、『町』、『館』を著作展開のなかに位置づける田中久男の著書『ウィリアム・フォークナーの世界』（一九九七年）、『寓話』を論じる金澤哲の単著『フォークナーの『寓話』』（二〇〇七年）、『尼僧への鎮魂歌』『寓話』を射程に中期・後期作品における間テクスト性を論じる田中敬子の単著『フォークナーのインターテクスチュアリティ』（二〇二三年）など、後期小説研究の観点からみて重要な著作は数多くある。しかし、これらは、複数あるいは単一の後期小説を論じる重要なものではあるが、いずれも後期小説群をひとまとまりのものとして捉えるものではない。それに対して、「人種についてではないようにみえて、実は、ほぼ全て人種についてである」という挑戦的な立場から著されたタウナーの書は、一九五〇年代以降の後期小説群を包括的にとらえる初の試みであった。「人種」という主題ありきのアプローチに関しては賛否両論あってしかるべきとはいえ、この先駆的な研究書がフォークナー批評にもたらした功績は大きい。にもかかわらず、現在までタウナーの書につづく後期作品研究は出ていないのである。フォークナー研究には、大いなる「批評の空白」(12)が残されているといえよう。

本書は、後期作品をとおしてフォークナーの〈レイト・スタイル〉を探ることで、この批評的空白をわずかながらも補填することを試みるものである。なお、フォークナーのキャリアについて具体的にいつの時点から「後期」とみなすのか――したがってどの作品を「後期作品」とみなすのか――は、批評の一致をみていない。本書では、ノーベル賞受賞が決定的な契機となり後期キャリアへの移行が完了したと考え、一九五一年出版の『尼僧への鎮魂歌』以降の長編小説を主たる議論の対象とする。

自伝的様式

フォークナーの〈レイト・スタイル〉を考えるにあたって本書が糸口となると考えるのは、後期作品に共通すると思われる自伝的様式である。しかし、この特徴は評価されるどころか、批判の対象となってきた。

ノーベル賞受賞以降に出版された長編小説に対する批評家の評価は総じて芳しくない。『尼僧への鎮魂歌』(一九五一年)、『寓話』(一九五四年)、『町』(一九五七年)、『館』(一九五九年)、『自動車泥棒』

（一九六二年）、こう並べてみればなるほど、評価が定まらないか低い作品ばかりである。代表的な批判は、後期作品が、既発表の作品の焼き直しに過ぎないというものである。似たような設定、おなじみの登場人物、自己ペルソナの登用。こうした独創性に欠ける「既視感」や「繰り返し」が[13]、後期のフォークナーはもはや想像力のほとばしりに突き動かされてではなく惰性で書いているのではないかという疑惑を批評家に抱かせた。たとえば、マルカム・カウリーの評価には、後期作品に対する典型的な評価が先取りされている――「彼の後期の著作には一般的に、初期作品の新鮮さや力強さが無いということは言っておいた方が良いだろう。［……］それが想像力に富んだ作家の共通の宿命なのだ――独創的な力といったものが出ていってしまうのだ。五〇歳を過ぎて本を書く者は、努力によって得たものもあろうが、その分、才能自体は失ってしまっている」。彼によれば、それはフォークナーも例外ではない。「後期の著作は、いずれも『響きと怒り』や『行け、モーセ』の域には到達していない。[14]」しかし、アーゴも指摘するように[15]、こうしたお決まりの批評的評価をうのみにすることなく、彼の五〇年代の作品と実直に向き合い、フォークナーの作家としての意図について検討する必要があるだろう。

たとえば、こうは考えられまいか。その批判されてきた自己語りこそが、フォークナーが意図的に試みていたことなのだと。齢を重ねても、いや重ねたからこそ、新たな形式を模索していたのだとしたら。後期作品にみられる老いのペルソナと自伝的様式――本書では、これをメモワール形式と呼ぶ――を考察することにより、本書は、これまで筆力の衰えや想像力の枯渇として捉えられてきた要素こそ、むしろフォークナーの〈レイト・スタイル〉に他ならなかったと主張するものである。

晩年性

本書における〈レイト・スタイル〉という用語について、ここで若干の補足をしておきたい。この「レイト」(後期の・晩年の・遅い・時期を逸した)という語を、本書では、ミルゲイトが問いを発したときと同様に、特別な批評用語としてではなく一般的な形容詞として用いている。すなわち、後期印象派、ベートーヴェンの後期様式、ヘンリー・ジェイムズの後期作品といった用法と同じように、時間的に遅いことを示すものである。しかし、だからといって〈レイト・スタイル〉という概念を所与のものと捉えているわけではないことも急いで付け加えておきたい。そもそも、〈レイト・スタイル〉は、必ずしも年齢を重ねた芸術家において一様に見いだされるものではない。「後期様式」(*Spätstil*)と「晩年のスタイル」(*Altersstil*)は、ドイツ美学批評の伝統では使い分けられるように、必ずしも同義ではないのである。しかしながら、フォークナーにあっては、老いることと書くことは深く繋がっており、加齢による死への近接と後期キャリアにおける表現形式の展開とは切り離して考えることはできないように思われる。したがって、本書では、「レイト・スタイル」、「後期様式」、「晩年のスタイル」という言葉は、それぞれ交換可能な同義語として文脈に応じて使い分けられる。

そうであっても、本書のうちに、批評家の議論の残響を聞き取ることはできるだろう。芸術家の晩年の作風に関する批評は、ゴードン・マックマランとサム・スマイルズがいみじくも述べているように、「二つのモード」のどちらか、あるいは混合によって特徴づけられてきた。すなわち、晩年の様式を「穏やかで、統合的で、完結した」と評するか、「怒りっぽく、不調和で、反抗する」と評するかである。[16] 後者のモードは、ベートーヴェン後期作品にみられる特徴を作曲家の〈レイト・スタイル〉として捉えたテオドール・アドルノの用語を踏まえたエドワード・サイードの定義に最も顕著にあらわれているだろう。アドルノは、「ベートーヴェンの晩年様式」（一九三七年）において、いわゆる老成について次のように述べた——「大芸術家の晩年の作品に見られる成熟は、果物のそれには似ていない。それらは一般に円熟しているというより、切り刻まれ、引き裂かれてさえいる。おおむね甘味を欠き、渋く、刺があるために、ただ賞味さえすればよいというわけにはいかない」。[17] ここからサイードは、『晩年のスタイル』（二〇〇六年）において、この用語をさらに重層的に「後期様式／晩年のスタイル／遅延の作風」として捉え、作家や作曲家の〈レイト・スタイル〉に、円熟（社会との和解）とは正反対の反骨精神（社会秩序からの離脱）を見出す。「この段階において、音楽という媒体を自家薬籠中のものにしていた芸術家は、にもかかわらず、みずからが組み入れられていた既存の社会秩序とコミュニケーションを絶ち、体制との間に矛盾にみちた疎外関係をこしらえた。ベートーヴェンの晩年の作品は、エグザイル〔故国喪失者、亡命者〕の形式を構成する。」[18] そして、〈レイト・スタイル〉を次のように定義する——「人生の最後の一時期に、彼らの仕事と思索が、いかにして新しい表現形式を獲得したのか。そうした作風を、わたしは晩年のスタイルと呼ぶことにしよう」。[19] 本書は、晩年のフォークナーが、サイードのいう「新しい表現形式」を会得するに至ったと仮定して、その模索の道程を辿ろうとするものである。本書の各章において明らかになるように、フォークナーの後期作品は、多くの批評家から、マックマランとスマイルズがいう円熟のモードにあてはまるものだとみなされてきた。それゆえに、ある時は評価され、またある時は批判されたのである。むしろ反骨のモードだとみなす本書も、「二つのモード」との間を行き来する批評の戯れとの誘りを免れるものではない。だが、本書の各章で個別の後期作品を論じることにより、安易な普遍化に回収されないかたちで、五〇年代以降のフォークナーの晩年様式の展開と変容について検討を加えたい。

また、近年、モダニズムを再定義する試みによって、ハイ・モダニズムやポスト・モダニズムとは異なる現象を指すものとして、〈レイト・モダニズム〉という概念がアメリカ文学研究に導入されはじめている。[20]イギリスのモダニズム研究では盛んに論じられてきたこの概念は、アメリカの文脈においても有効であると考える。本書においては、第二次世界大戦後の時期を冷戦期という政治的な文脈において示すだけでなく、文芸運動の文脈（アカデミア、文芸批評、マス・メディア）において考察するために、後期モダニズムあるいはモダニズムの晩年期を指す用語としてレイト・モダニズムという語を使用する。具体的には、フォークナーの後期作品を、その作風および発表時期の両面から、ハイ・モダニズムでもポスト・モダニズムでもない、レイト・モダニズム作品として捉えるものである。フォークナーの晩年様式を考えることは、敷衍してモダニズムの後期様式を考えることにも繋がるだろう。

本書の構成

以下、本書の構成と各章の概要を示す。

第Ⅰ部「リ・メモリー《追憶》」においては、新たなスタイルを模索する五〇年代のフォークナーに注目する。第一章「老境のフォークナー　酒と女と馬と」では、五〇年代におけるスタイルの変容が、フォークナーの老いの意識とそこから生まれたアイデンティティの不安と密接に関係しているであろうことを論じる。つづく第二章「老いの繰り言　「ミシシッピ」にみるメモワール形式」では、一通の手紙を手がかりに、これまで重要性が看過されてきたメモワール構想に注目する。五〇年代の半自伝的小品「ミシシッピ」にみられる自己語りの様式をその初出の旅行雑誌『ホリデイ』の誌面におけるメディア混合形式との関連において検討することにより、フォークナーが本作で老年期特有の記憶のあり方を投影した「メモワール形式」を模索していたと結論づける。

第Ⅱ部「リ・ヴィジョン《再視＝修正》」では、後期作品にみられる初期作品との間テクスト性に着目することにより、変容するフォークナーのスタイルが、初期作品におけるモダニズム的実験の延長線上にあることを明らかにする。第三章「愛の技法ふたたび　『操り人形』から『尼僧への鎮魂歌』へ」では、フォークナー唯一の戯曲形式の小説『尼僧への鎮魂歌』（一九五一年）について、ミシシッピ大学在学中に執筆した習作戯曲『操り人形』との関係から検討する。『尼僧への鎮魂歌』においては、習作戯曲の作劇術が再度用いられているものの、三〇年にわたる創作の研鑽と実生活の変化を反映した変更が加えられている。同章は、本作の執筆こそが、芸術ジャンルを横断する自伝的様式をフォークナーにもたらしたと主張するものである。第四章「南部再訪　エヴァンズとフォークナーの後期様式」では、フォークナーの創作の源となったウォーカー・エヴァンズの一枚の写真を結節点として、五〇年代におけるフォークナーとエヴァンズの〈レイト・スタイル〉を考察する。女性ファッション雑誌『ヴォーグ』に発表されたエヴァンズのフォトエッセイ「フォークナーのミシシッピ」と女性ファッション雑誌『ハーパーズ・バザー』に発表されたフォークナー最後の短編小説「南部の葬送」を比較検討してみれば、二人が編集者や大衆の欲求を満足させる大量生産社会への迎合と自分自身の芸術性を満足させる初期作品への自己オマージュという共通のスタイルをとっていることがみえてくる。それこそが「失われた」世代、否、「遅れてきた」世代の同時代芸術家たちの共通の後期様式ではなかったかと示唆したい。第五章「失われた世代《ロスト・ジェネレーション》の神話と寓話　『兵士の報酬』と『寓話』」では、フォークナーのデビュー小説『兵士の報酬』（一九二六年）と後期の大作『寓話』（一九五四年）とを比較検討する。その際、これまで批評的評価が作品の解釈に影響を及ぼしてきたという観点から、二八年という時を隔てたフォークナーの印刷文化における地位の変化に留意する。無名の「失われた世代の作家」と著名な「ノーベル賞作家」という看板のもと、フォークナーが『兵士の報酬』においては戦争を経験していない「若い連中」の生と復活を描く一方、『寓話』においては戦争の不条理を経験する「失われた世代」の死と絶望を描いていると論じる。従来の解釈とは反対に、前者では世代の交代が、後者では世代の断絶が作品テーマとなっていると結論づけるものである。

第Ⅲ部「レトロ・スペクタクル《幻視》」では、フォークナーの〈レイト・スタイル〉の確立が、ノーベル賞作家としての振る舞いを求める同時代的な冷戦文化との絶え間ない交渉の結果であったことを論じる。第六章「夢のあとさき　スノープス三部作とアメリカの夢」では、「付録――コンプソン一族」と『尼僧への鎮魂歌』との間テクスト性を手がかりに、スノープス三部作に描かれるアメリカン・ドリームの行方を読み解く。フレム・スノープスの興亡物語を伝える語り手の操作に注目することで、フォークナーが後期において取り組もうとしていた「アメリカの夢に何が起こったのか？」という問いにどう答えを出しているのかを明らかにする。つづく第七章「老いの幻影　『自動車泥棒』における作者のペルソナ」では、副題「ある回想」が示すように最もメモワール構想に近いと思われる遺作小説『自動車泥棒』を取り上げ、作家フォークナーの〈老いのペルソナ〉に検討を加える。その際、この一見単純な成長物語に登場する対照的な二人の年長者と作品の特異な語りに注目しながら、少年の成長と南部の老成とを重ね合わせて展開する二重のプロットを辿ることで、この教養小説におけるイニシエーションの意味を考える。『自動車泥棒』における語り手の「賢明なる老人」としてのパフォーマンスには、資本主義のもとでの自由意思と民主主義を礼賛しておきながら、その仮面の下にある高度消費社会のスペクタクルを暴き出す、リベラル・ヒューマニズムへの迎合と攪乱とが見出されるのである。そして、その老いの幻影は、後期モダニストとしてのフォークナーの生存戦略を示している。

そして、終章「死に向かって「否」と告ぐ　フォークナーの晩年様式《レイト・スタイル》」では、各章の検討から得られた結論をふまえて、フォークナーの〈レイト・スタイル〉がいかなるものであったかを論じる。晩年のフォークナーにとって、生を物語ることこそ自らの生を刷新しつづけることであったと示唆することになるだろう。

さて、冒頭の問いに対してのミルゲイト自身の答えは、聴衆それぞれの解釈に委ねるものであった——「ある、しかし……。」はたしてフォークナーに〈レイト・スタイル〉はあるのだろうか。あるとしたら、それはいかなるものか。本書が、それを考えるための手がかりとなれば幸いである。

註

(1) Millgate, "Faulkner: Is There a 'Late Style'?" 271.

(2) 「主要年」「主要小説」「主要期」といった鍵語を副題に含む研究書が、こうした批評の伝統を培ってきた。たとえば、以下の著作が挙げられる――Melvin Backman, *Faulkner: The Major Years* (Indiana UP, 1966); Joseph L. Gold, *William Faulkner: A Study in Humanism from Metaphor to Discourse* (U of Oklahoma P, 1966); James A. Snead, *Figures of Division: William Faulkner's Major Novels* (Routledge, 1986); David Minter, *Faulkner's Questioning Narratives: Fiction of His Major Phase, 1929-42* (U of Illinois P, 2001).

(3) 初期作品研究の書として、以下の著作が挙げられる――Carvel Collins, ed., *William Faulkner: Early Prose and Poetry* (Little Brown and Company, 1962); Noel Polk, ed. *The Marionettes* (UP of Virginia, 1977); Judith L. Sensibar, *The Origins of Faulkner's Art* (U of Texas P, 1984). 日本においても、初期作品群を扱った研究書は複数出版されている。平石貴樹『メランコリックデザイン――フォークナー初期作品の構想』(南雲堂、一九九三年)、田中敬子『フォークナーの前期作品研究――身体と言語』(開文社、二〇〇二年)、小山敏夫『ウィリアム・フォークナーの詩の世界――楽園喪失からアポクリファルな創造世界へ』(関西学院大学出版会、二〇〇六年)等を参照されたい。

(4) Polk, *Children of the Dark House* 247-48.

(5) Towner 4.

(6) たとえば、以下の論考を参照されたい。James B Carothers, "The Rhetoric of Faulkner's Later Fiction, and of Its Critics" in *Faulkner's Discourse: An International Symposium*, ed. Lothar Hönnighausen (Max Niemeyer Verlag, 1988), 263-70 and "The Road to *The Reivers*," *A Cosmos of My Own: Faulkner and Yoknapatawpha 1980*, ed. Doreen Fowler and Ann J. Abadie (UP of Mississippi, 1981), 95-124; Hans H. Skey, "William Faulkner's Late Career: Repetition, Variation, Renewal," *Faulkner: After the Nobel Prize*, eds. Gresset, Michel and Kenzaburo Ohashi (Yamaguchi, 1987), 247-59; Karl F. Zender, *The Crossing of the Ways: William Faulkner, the South, and the Modern World* (Rutgers UP, 1989).

（7）Cowley, ed., *The Faulkner-Cowley File* 14.

（8）Schwartz 95-97, 141, 182-85, 195-96, 208-209 を参照。

（9）Cowley, ed., *The Portable Faulkner* 4.

（10）近年、カウリー編纂の『ポータブル・フォークナー』がフォークナーを世間の忘却から救ったのだとする批評神話への修正的見解が出ている。たとえば、以下の論考を参照されたい。Schwartz 26; Michael Millgate, “Defining Moment: *The Portable Faulkner* Revisited” in *Faulkner at 100: Retrospect and Prospect*, ed. Donald Kartiganer and Ann J. Abadie (UP of Mississippi, 1999), 26-44; David M. Earle, *Re-Covering Modernism: Pulps, Paperbacks, and the Prejudice of the Form* (Ashgate, 2009), 203; Lise Jaillant, “‘If It's Like Any Introduction You Ever Read, I'll Eat the Jacket’: Faulkner's *Sanctuary*, the Modern Library and the Literary Canon” in *Modernism, Middlebrow and the Literary Canon: The Modern Library Series, 1917-1955* (Pickering & Chatto, 2014), 123-43; Sarah E. Gardner, “Mr. Cowley's Southern Saga” in *History and Faulkner*, ed. Jay Watson and James G. Thomas Jr. (UP of Mississippi, 2017), 148-57; John N. Duvall, “An Error in Canonicity, or A Fuller Story of Faulkner's Return to Print Culture, 1944-1951” in *Faulkner and Print Culture*, ed. Jay Watson, Jaime Harker, and James G. Thomas, Jr. (UP of Mississippi, 2017), 121-36.

（11）Towner; Joseph L. Gold, *William Faulkner: A Study in Humanism from Metaphor to Discourse* (U of Oklahoma P, 1966); James A. Snead, *Figures of Division: William Faulkner's Major Novels* (Routledge, 1986); Joseph R. Urgo, *Faulkner's Apocrypha:* A Fable, *Snopes, and the Spirit of Human Rebellion* (UP of Mississippi, 1989).

（12）Towner 6.

（13）こうした批判は枚挙にいとまがないが、主なものとして Blotner, *Faulkner: A Biography*. 2 vols. 1395 や Douglas 299 を参照されたい。

（14）Cowley, ed., *The Faulkner-Cowley File* 171-72.

（15）Urgo 7.

（16）McMullan and Smiles 3-4.

（17）アドルノ　一五。
（18）サイード　二九。
（19）サイード　二七。
（20）以下の著書を参照されたい——Tyrus Miller, *Late Modernism: Politics, Fiction, and the Arts between the World Wars* (U of California P, 1999); Robert Genter, *Late Modernism: Art, Culture, and Politics in Cold War America* (U of Pennsylvania P, 2010); John Carlos Rowe, *Afterlives of Modernism: Liberalism, Transnationalism, and Political Critique* (Dartmouth College P, 2011).

第Ⅰ部　リ・メモリー《追憶》

第一章

老境のフォークナー　酒と女と馬と

スタイルの変容

「わたし自身と世界について、同じ話をいく度も繰り返している。」マルカム・カウリーへの手紙において、フォークナーは自身の創作活動についてそう述べた。つづけて、難解でわかりづらいとされる自身の語りのスタイルに言及し、「複雑で形の整わない『スタイル』、とめどのない文章」になってしまうのは、自己と世界についての物語を一つの文章で語ろうとするからだとしている。(1) フォークナーが自覚していた自由な形式や冗長な文体について、カール・F・ゼンダーは、全著作にあてはまる特徴というよりも、この手紙を記した一九四五年以降の作品に顕著にあてはまる特徴だと指摘する。(2) なるほど、一九四八年に出された『墓地への侵入者』は息の長い文で書かれているし、とりわけ五〇年代における作品に、複雑な形式と一文が長い文章の両方をそなえた作風が多い。たとえば、一九五一年出版の『尼僧への鎮魂歌』は、戯曲と随筆と小説をあわせたような一風変わった形式を持ち、三幕それぞれの冒頭におかれた散文テクスト部分は、セミコロンを用いてピリオドを一切用いない、長く連なった一つの文章が用いられている。本作の執筆段階においてフォークナー自身が「面白い形式上の実験になる」(3)と述べたように、五〇年代のフォークナーは、初期中期時代と同様あるいはそれ以上に、複雑で実験的な語りの構造をもった形式を追求しつづけていたようなのである。

そうであるならば、いったいそのスタイルの変化はいかにして起こったのか。考える補助線となりそうなのは、フォークナーの日本での発言を引き、スタイルの変化が老いの意識と深い関係があるとするゼンダーの指摘である(4)。一九五五年、長野で開催されたアメリカ文学セミナーに招聘されたフォークナーは、日本人研究者との質疑応答においてスタイルの変化について問われ、文章がとめどなく長くなってしまう理由を以下のように述べている——「たぶん、作家が老いるにつれ、いつか疲れて書けなくなってしまう日が来るまでの時間が短くなっていることに、言いたいことが言えないことに気づくのでしょう。別の文章や段落を書けるほど長くは生きられませんから、まだ言っていないことすべてを一つの文章で、一つの段落で言おうとするのかもしれません」(5)。ゼンダーが洞察したように、スタイルの変化が作家の老いの意識から生じたとすれば、そのスタイルこそ〈レイト・スタイル〉と呼ぶべきものだろう。

本章では、後期作品にみられるスタイルの変容——物語の繰り返し、複雑な形式、冗長な文章——

が、フォークナーの老いの意識とアイデンティティの不安から生まれたことを明らかにする。五〇年代における創作は、フォークナーの老境と不可分であったのだ。

老いの意識

一九五〇年代のフォークナーは、自己イメージを大幅に書き換える必要に迫られていた。一九四七年に五〇という節目の歳を迎えていたフォークナーは、わずか数年のうちに作家としての頂点をきわめることとなる。一九四八年、六年ぶりの新作小説『墓地への侵入者』が、『サンクチュアリ』以来の商業的成功をおさめていた。そのうえ、出版の二か月前には、映画製作会社メトロ・ゴールドウィン・メイヤー（MGM）が、映画化権としてランダムハウス社に五万ドルを支払い、そのうちの四万ドルがフォークナーの取り分となっていた(6)。こうして作家人生においてはじめてといえる経済的余裕と知名度を享受することとなったのだ。さらに、このように国内的認知も急激に高まっていたところに、一九五〇年のノーベル文学賞受賞により、三万ドル超の賞金と世界的名声を手に入れたのである。これら一連の出来事は、フォークナーのアイデンティティを大いに揺るがせ、彼に自己ペルソナの刷新を余儀なくさせただろう。フォークナーがその生涯を通じて多くのペルソナを演じてきたことは多くの研究が指摘するところであるが、それまで社会の周縁にて気楽なボヘミアン作家を演じていた人物が、ノーベル文学賞受賞を境に突如として「世界の文豪」として振る舞うよう国内外から求められたのである(7)。急激な環境の変化が、自己イメージの修正を迫る外圧となり、ひいてはその後の作品スタイルにも多大な影響を及ぼしたであろうことは想像に難くない。だが、そこにはどうも社会の要請だけではない、彼個人の問題もあったようなのである。

五〇歳を過ぎたフォークナーは、老いの先にある死が忍び寄ってきているのを感じとっていた。なにしろ、五〇年代のある年には自身と家族が入るための墓地の区画を購入したり、(8)五九年には残される家族のために相続税対策をしたりと、(9)いわゆる終活を行っているのである。また、この頃のフォークナーは、執筆に残された時間があまりないと繰り返し述べるようにもなった。たとえば、五四年のインタビューでは、「書きたいことがあるのですが、私が書きたいすべての本を書ける時間がないということを知っています。あと三冊か四冊ほど書ければと願っているのです」(10)と述べている。あるいは、五五年のエルサ・ヨンソンへの手紙には、「もうすぐミシシッピに帰り、仕事をします。私の想像の国と郡について書くべきことをすべて書くのに十分なほど生きられないと知っていますから、残された時を無駄にできないのです」(11)と、執筆にはやる気持ちを表明している。しかしながら、こうした用意周到な行動や健全な言葉とは裏腹に、フォークナーは自己破壊的な行為を続けたのである。

アイデンティティの不安

五〇年代のフォークナーは、アルコール中毒の症状、骨折に関連する治療や検査、うつ状態ともいえる不定愁訴から入退院を繰り返した。その直接的あるいは間接的原因となったのが、酒と女と馬であった。

若い頃から常軌を逸した飲酒をすることがあったフォークナーは、後年、その『凄まじい』までもの飲酒癖[12]」の報いを受けていた。一九五二年一〇月八日、フォークナーの妻エステルから救援を求められて作家の自宅へ急行したランダムハウスの編集担当者サックス・コミンズは、経営陣ベネット・サーフとロバート・K・ハースに対し、フォークナーの様子を以下のように報告した。「ビルが心身ともにひどい状態であることは事実です。もっとも初歩的な自分の世話もできなければ、まともに考えることすらできません。彼の状態は、単なる急性アルコール中毒の症状かもしれません。けれども私は、事態はもっと深刻で、まさに人格崩壊だと思います」[13]。コミンズの見立てどおり、この頃のフォークナーは、アイデンティティ崩壊の危機にあったのではないだろうか。

フォークナーは、批評家たち以上に、自身の加齢と創作活動の衰退とを観念的に結びつけ、老化が進行するにつれて書けなくなってしまうのではないかと怖れていたようである。彼は、創作活動の資本であり創作の源である自身の身体を、液体を貯めておく容器に喩えて「貯水庫」や「樽」と表現した。そして、いつかはその源泉が「枯れて」しまうのではないかという精神的不安を抱え、その不安を払拭し身体を満たすかのように酒を浴びるように飲んだ[14]。事実、娘ジルの回想によれば、彼は創作活動中に度を超える酒を口にすることはなく、前後不覚の酩酊状態になるのはきまって作品を書き終えた後のことであったという[15]。

また、この自分の身体を酒樽とみなす発想は、創作意欲や想像力といった精神的活力を身体的精力と結びつける契機ともなったようである。この頃、フォークナーがジョーン・ウィリアムズやジーン・スタインといった娘ほどの年齢の女性との恋愛に励んだのも、創作のインスピレーションの源たる詩の女神《ミューズ》を追い求めたのだとすれば理解できなくもない。すくなくとも、夫の不貞に悩まされ続けたエステルは、一九五五年、コミンズ宛の手紙においてフォークナーの「常にどこぞのお嬢さんを好きにならずにはいられない何らかの衝動」[16]を指摘しており、彼が若い女性への精神的固着を抱えているのだと理解することにしたようである。フォークナー自身、「もし作家が母親から奪わなければならないとしたら、彼は躊躇しないでしょう」[17]と翌年のインタビューにおいて述べ、彼の創作と女性との深い心理的結びつきを開示している。伝記的側面から考察するジュディス・L・センシバー、精神分析的な見地から検討するドリーン・ファウラーとデボラ・クラークの研究が示唆するように[18]、フォークナーは、女性の生殖力を奪う代償行動であるかのように作品を産み続けたのである。

さらに、この時期、彼の健康状態をひどく悪化させたのは、馬や階段からの落下である。彼は何度も無茶な乗馬と落馬を繰り返して身体を痛めつけたが、それは彼が下手な乗り手であったのに[19]、気性の荒い暴れ馬を「征服する」[20]ことにこだわったことに起因する。フォークナーは、乗馬において得られる「力と速度」が、何よりも効き目のある向精神薬であると述べたこともある[21]。また、ウィリアムズに対しては、自分の跳馬は、六二歳という年齢にしては「他の何人かよりも、強く、遠く、長くいけるよ」と誇ってもみせた[22]。フォークナー作品においてしばしば馬がセクシュアリティの象徴として登場することを鑑みれば、馬を御すことは彼にとって若さを維持することと同義であり、ひいては創作への活力を保つことと同義だったのかもしれない。

おそらく、飲酒、恋愛、乗馬とは、フォークナーにとって若さとマスキュリニティの象徴であった。それらへのあくなき挑戦は、他人からは年甲斐もない無分別な行動に見えようとも、当人からすれば、多分に形而上学的《メタフィジカル》な奇想に基づいているとはいえ、創作への活力を得るための正当な行動であったのだ。だが、これらの行動は、心身の健康状態を悪化させて死を早めるという物理的《フィジカル》な結果を招き、彼の人生には六四歳でピリオドが打たれた。しかしながら、身体的な「老い」よりも作家としての「老い」を怖れていたフォークナーは、背中の激痛に耐え、ときには作家特有のスランプに陥りながらもなお、書くことを止めはしなかったのである。

作家人生の終わりを意識したフォークナーは、これまで繰り返し語ってきた自己と世界の物語をどのように語り直しているだろうか。第三章以下の章では、老境のフォークナーから生みだされたスタイルについて、具体的な作品を取り上げ論じていく。各章の議論の俎上にのぼるのは、初の戯曲といわれる『尼僧への鎮魂歌』（一九五一年）、構想から完成まで一一年をかけた『寓話』（一九五四年）、最初のスノープス物語である『村』（一九四〇年）の出版から一七年を経た続編『町』（一九五七年）と完結編『館』（一九五九年）、それからフォークナー円熟の作品とされる遺作『自動車泥棒』（一九六二年）である。

しかし、これら長編小説を扱う前に、第二章では、雑誌小品「ミシシッピ」（一九五四年）を取り上げ、そこに顕著にみられる自伝的様式について検討を加える。フォークナーがこの小品において、老年期特有の記憶のあり方を投影した「メモワール形式」を模索していたことを明らかにしたい。

註

（1）Cowley, ed., *The Faulkner-Cowley File* 14.
（2）Zender 25.
（3）Faulkner, *Selected Letters of William Faulkner* 305.
（4）Zender 25.
（5）Faulkner, *Lion in the Garden* 174-75.
（6）Blotner, *Faulkner: A Biography.* 2 vols. 1257; Samway 36.
（7）フォークナーのペルソナ変遷については、伝記研究——Blotner, *Faulkner: A Biography.* 2 vols.; Richard Gray, *The Life of William Faulkner: A Critical Biography* (Blackwell, 1996); Daniel Joseph Singal, *William Faulkner: The Making of a Modernist* (U of North Carolina P, 1997); Joel Williamson, *William Faulkner and Southern History* (Oxford UP, 1993); Philip M. Weinstein, *Becoming Faulkner: The Art and Life of William Faulkner* (Oxford UP, 2010)——のほか、フォークナーの役割演技に関する以下の研究を参照されたい。Lothar Hönnighausen, *Faulkner: Masks and Metaphors* (UP of Mississippi, 1997); James G. Watson, *William Faulkner: Self-Preservation and Performance* (U of Texas P, 2000).
（8）Hines 147.
（9）Blotner, *Faulkner: A Biography.* 2 vols. 1742.
（10）Blotner, *Faulkner: A Biography.* 2 vols. 1506.
（11）Blotner, *Faulkner: A Biography.* 2 vols. 1579.
（12）花岡　二〇四。
（13）Brodsky and Hamblin 91.
（14）こうした比喩表現は、フォークナーの私信において、決まって年齢への言及や創作への不安とともに使われる (Blotner, *Faulkner: A Biography.* 2 vols. 1346, 1433, 1444, 1457, 1461, 1741)。フォークナーにとっては、身体的な死よりも作家としての死の方が恐ろしかったのかもしれない。

（15）フォークナーの娘ジルは、一九七九年放映のＰＢＳ番組において、フォークナーの飲酒について以下のように話している――「彼は、飲酒を安全弁として利用していたのです。何かにかこつけて飲まずにはいられなかったので、それはほぼ例外なくきまって本を書き終えたときでした」（Bezzerides 31-32）。

（16）Brodsky and Hamblin 200.

（17）Stein 239.

（18）以下の論考を参照されたい――Judith L. Sensibar, *Faulkner and Love: The Women Who Shaped His Art* (Yale UP, 2009); Doreen Fowler, *Faulkner: The Return of the Repressed* (UP of Virginia, 1997); Deborah Clarke, *Robbing the Mother: Women in Faulkner* (UP of Mississippi, 1994).

（19）Williamson 346.

（20）Blotner, *Faulkner: A Biography*. 2 vols. 1827-28.

（21）Blotner, *Faulkner: A Biography*. 2 vols. 1709.

（22）Faulkner, *Selected Letters of William Faulkner* 439.

第二章

老いの繰り言　「ミシシッピ」にみるメモワール形式

メモワール構想

自らの「老い」を意識したフォークナーは、これまでも繰り返し語ってきた自己と世界の物語をどのように語り直そうとしたのか。一通の手紙が、その答えを示唆している。

グリーンフィールド農園を購入した一九三八年以降のある時点において、フォークナーは自身の「回想録《メモワール》」を書くことを検討していたようだ。一九五〇年代と思われる年代不詳の八月二〇日付の編集者ロバート・K・ハース宛のごく短い手紙に、次のようなメモワール構想が記されている。

親愛なるボブ
回想録《メモワール》を書こうと考えています。伝記の体裁をとりつつ実のところ半分くらいはフィクションの本になるでしょう、各章は、犬や馬や黒人使用人や親戚に関するエッセイのようなもので、実際の出来事に基づいているけれど適宜フィクションで「改良」されているという具合です、本は短編集になるでしょう。写真を使いたいのです。私が描いた絵でもいい。長編一つ分くらいの長さにはなると思います、少しはぶらぶらと歩きまわるかもしれませんが、ほぼこの町の自宅ローワン・オークと農園グリーンフィールドとの間に限られるでしょう。この案をどう思いますか。(1)

フォークナーの生涯において、この構想そのものが実現されることはなかった。しかし、特筆すべきは、彼のいう「回想録」が一般的に知られる定義とはかなり異なっている点だろう。『オクスフォード英語辞典』の定義によれば、メモワールとは、「作家の個人的知識や経験あるいは特別な情報源に基づいて記された出来事や歴史の記録」、「自伝的観察、回想」、「伝記あるいは自伝、伝記的な寸評」である。(2) いわゆるノンフィクションと分類される、過去の事実や出来事への忠実度が高い書き物ということになるだろう。一方、フォークナーのいうそれは、伝記的な形式をもつ虚構作品である。それも、伝記・随筆・短編小説といったジャンルのみならず、文学・写真・絵画といったメディアをも横断する、混合的な表現形式をもつものなのである。

こうした写真と文字とのメディア混合の形態をもつ自伝的様式ならば、一九五四年に雑誌に掲載された二つの作品に顕著にみられる。一つは、しばしば半自伝的とされるフォークナー最後の短編小説「南部の葬送――ガス灯」。ウォーカー・エヴァンズの写真とともに『ハーパーズ・バザー』誌の一二月号に掲載された（本書第四章を参照）。もう一つは、『ホリデイ』誌の依頼によって執筆した小品「ミシシッピ」である。[3] 一九五四年四月号に、撮影者クレジットの無い一四枚の写真とともに掲載された。本作もしばしば半自伝的と称されるが、ジェイムズ・ファーガソンが著書『フォークナーの短編』で指摘するように、そのジャンルの同定が難しい。[4] フォークナーの短編小説研究で知られるハンス・H・シェイは『ウィリアム・フォークナー――短編作家としての小説家』において「短編小説」に含めるが、書誌学で知られるジェイムズ・D・メリウェザーは編纂書『随筆、演説、公的書簡』において「随筆」に区分する。[5]「南部の葬送」もしかりであるが、長編小説の一部にとりこまれることがなかったという点においても「ミシシッピ」は独自性が際立っており、この同年出版の二作品が、フォークナーの手紙にしたためられたメモワール構想に連なるものであることを裏づけているように思われる。

本章では、雑誌掲載の小品「ミシシッピ」を取り上げ、ジャンルとメディアの混合形態をもつ自伝的様式の詳細を確認したのち、その伝記的な語りから、どのような作者と南部の姿が見出されるのかを検討する。そうすることによって、フォークナーの記憶によって媒介される語り／騙りは、老年期に顕著にみられる記憶の様相を新しい文学形式へと転化しているのではないかと示唆したい。

「伝記の体裁」

フォークナーの小品「ミシシッピ」は、旅行雑誌『ホリデイ』の一九五四年四月号の巻頭企画として掲載された。しかし、興味深いことに、そこにはフォークナーのテクストに先行するかたちで一ページの導入記事がつけられている。目次にて「ミシシッピへの入門」と題されるこのページには、雑誌による宣伝文とマルカム・カウリーによる解説が、それぞれ左右のコラムに置かれている。カウリーによる解説記事の冒頭一文によれば、「ミシシッピ」は「場所と歴史と彼自身の人生物語をとおした、フォークナーによる生まれ故郷の州の観光旅行《ツアー》」である。[6] 依頼した雑誌媒体の読者層を考えれば当たり前のことではあるが、ノエル・ポークが指摘するように、本作はノーベル賞受賞作家による「南部のガイドブック」となっている。[7] しかし、『ポータブル・フォークナー』の編纂者であるカウリーによる解説をわざわざ用意したという事実は、雑誌側が、この小品をどのように読むべきかの指南を読者が必要とするだろうと考えたことを示している。そして、この点こそ、フォークナーの「回想録」がはらむ最大の倫理的問題点である。

この「読み物」をどう読んだらよいのか。読者に対して、『ホリデイ』誌の編集者は、特別企画——すべて大文字で太字の見出しが「今年一番の雑誌の読み物《ザ・マガジン・ストリー・オブ・ザ・イヤー》」と大々的に宣伝する——を次のように説明する。

大いなる誇りをもって『ホリデイ』誌は、ここにノーベル賞受賞作家ウィリアム・フォークナーに

> よる生まれ故郷の州についての記憶に残る記事を掲載します。ここでは彼自身の南部、彼の人びと、そして彼の領土《カントリー》について、ウィリアム・フォークナー自身の口から説明されるのです。彼の土地を愛し、ほかの存命作家の誰よりも素晴らしくそれについて書いた者による、心に響く賛辞。この読み物は、高名な批評家マルカム・カウリーによって紹介されます。(8)

「ウィリアム・フォークナー自身の口から説明される」というくだりでは、一般的な随筆として読むように促しているようにみえる。しかし、その直前では「**彼自身の**南部、**彼の**人びと、そして**彼の**領土について」（強調引用者）と、非常に微妙な言い回しをしていることに注意をはらうべきであろう。ここで言外に示されているのは、登場する南部の地名や人物はあくまでもフォークナー自身の解釈や創作に基づくもので、現実にそこにある実在の地名や人物とは関係が無いということだ。フォークナーのいう「回想録」とは、現実と虚構の区別が曖昧な自伝的な書きもの――「伝記の体裁をとりつつ実のところ半分くらいはフィクション」――であるがゆえに、こうしたどっちつかずの表現を必要としたのだろう。

　つづくカウリーの記事「ウィリアム・フォークナーのミシシッピ」においては、この現実と虚構をないまぜにする特徴についての解説がなされる。たとえば、作品には数多くの実在の地名が登場するが、そこにひっそりと「ジェファソン」が紛れている。このフォークナーが「最もよく知る小さな町」が、「人生のほとんどを過ごした本当の町オクスフォード」に基づいてはいるものの「フォークナーが描いた地図にしか存在しない」架空の町であることを、カウリーは読者に伝える。また、本作では、実在の人物の名前と、フォークナーの小説世界でお馴染みのスノープス、コンプソン、ホガンベックといった登場人物たちの名前とが、何ら区別されることなく言及される。これについてもカウリーは、「フォークナーによるミシシッピ・ツアーでは、実生活からとられた名前と彼の小説からとられた名前とが交じり合う」[9]と、読者に注意を促している。カウリーが述べるように、フォークナーの回想録「ミシシッピ」は、事実と虚構の間を縦横無尽に行き来するものなのである。

こうしてみると、フォークナーの小品「ミシシッピ」に先行してつけられた導入記事「ミシシッピへの入門」は、長編小説でよく目にする「この作品はフィクションです」という読者への免責条項のようなものである。なにしろ、掲載されたのは、コンテンツのほとんどを旅行記が占める雑誌なのだ。フォークナー文学の権威であるカウリーによる線引きがなければ、『ホリデイ』誌の読者は、読んでいる小品がそのように厄介な代物だとは気づかぬまま、ノーベル賞受賞作家の実生活における観察や記憶にもとづく手記なのだと誤認しただろう。カウリーは、そうした作家と読者との行き違いが生じないようにする倫理上の責任を感じたのだと思われる。

同様の免責条項は、本作「ミシシッピ」が、同年一〇月号の文芸雑誌『エンカウンター』に転載された際にもつけられた。「英国の読者へ」で始まる同誌編集者による注記には、フォークナーのテクストが忠実性を主張する括弧付きの現実について、次のような補足説明が加えられている。

［……］ここで彼が描写しているのは、彼のミシシッピなのです。たとえ地理学者や歴史家のものとはまったく同じではなくとも、それよりも本当ではないなんてことは無く、もしかしたらもっと本当だといってもいいかもしれません。アメリカの歴史の教科書をひらいてみれば、彼が言及する何

人かの人びと（ビルボー、ヴァーダマン）について知ることができるでしょう。他の人びと（たとえば、スノープス家）については、フォークナーの小説や短編にあたらなければなりません。双方が、この「リアル」なるミシシッピの本質的な部分を成しているのです。——編集者[10]

このように、『ホリデイ』誌だけでなく『エンカウンター』誌までもが、読者のために現実と虚構の境界線を引かなければならない同義的責任を感じたのである。

　ところが、これらの免責条項に対して、初出雑誌『ホリデイ』の誌面に配された写真は、「ミシシッピ」が、フォークナーの手によるノンフィクションであるという見た目を補強する。カウリーによる解説記事の上には、一九四七年にアンリ・カルティエ＝ブレッソンにより撮影された、ローワン・オーク邸を背景にしたフォークナーの横顔写真が配置されている（クレジット無し）。書籍によくみられる著者近影のような雰囲気は、フォークナーの作家性／権威性《authority》を強調するかのようである。次ページ以降の「ミシシッピ」には、全部でカラー五枚とモノクロ九枚の写真が用いられており、そのうちカラー四枚とモノクロ三枚がフルページで使われている。これらの写真は、フォークナーの横顔写真を含め、雑誌側が用意したものだと思われる。撮影者のクレジットはつけられていないが、『ホリデイ』誌とマグナム・フォトとの密接な関係から、[11]写真はマグナム・フォトの提供である可能性が高い。実際、一四枚のうち二枚は、マグナム・フォトのエリオット・アーウィット（Elliott Erwitt）による一九五四年ミシシッピ州での撮影と特定できる。[12]そのため、他の写真も同様に彼の撮影だと考えるのが自然だろう。だが、数枚の白黒写真に関しては、フォークナーの横顔写真同様、カルティエ＝ブレッソン撮影ということもあり得る。彼は、フォークナーを撮影した一九四七年の南部の撮影旅行にて、ここに掲載されたナッチェスやヴィックスバーグの写真と同一の被写体をフレームにおさめているのである。このように、さすが旅行雑誌だけあって、「ミシシッピ」は、目で見て楽しむフォトエッセイの様相を呈しているのである。

これらの写真と文章との間には、たとえばオールドマン（ミシシッピ河）の洪水について語るページに水辺の写真が集められているといった程度のゆるいつながりを除き、関連性はほぼみられない。掲載写真のほとんどは、テクストで語られるエピソードとは直接的に関係のない、ミシシッピ州の観光名所で構成されている――一九〇〇年の火事で焼失したウィンザー屋敷跡（ポート・ギブソン）、指の形をした尖塔の先が天を指していることで有名なポート・ギブソン教会（ポート・ギブソン）、ヴィックスバーク国立軍事公園（ヴィックスバーグ）、旧灯台（ビロクシー）、直角の鉄道交差点（ムアヘッド）、その下で副大統領アーロン・バーが一八〇七年に反逆罪で逮捕されたという逸話をもつ樫の木（ナッチェス）。これらの写真は、旅行雑誌としての面目躍如といえるだろう。このほか、作家フォークナーに直接ゆかりのある場所や人物を撮影したものも二枚含まれている。サーディス貯水湖のダムの立て看板をうつした写真のキャプションには、「ここで作家がよく釣りをする」（40）という内部情報が読者のために記載されている。また、オクスフォードのコートハウス・スクエアにて、フォークナーの狩猟仲間『『アンクル・アイク』・ロバーツ』（37）を撮影したものもある。ここでの写真の役割は、フォークナーのテクストの内容を補完するというよりは、読者の注意をひいて楽しませ、南部という土地の視覚イメージを伝えることにあるようだ。

しかし、一部の写真とキャプションは、小品「ミシシッピ」の基調となるテーマを強調している。南北戦争前のプランテーション屋敷と新車のキャデラック（42）。デルタの綿花畑を歩く「小さな黒人の少年」。共学の黒人大学で学ぶ「幸運な学生」カップル。南軍兵士の記念碑に腰掛ける「横縞のズボンをはいた黒人の囚人」（45）。ミシシッピの池に舟を浮かべて釣りをする「黒人使用人に付き添われた、ある淑女」（41）。これらの写真とキャプションは、その表明されている立場は明確ではないものの、旧南部の奴隷制度という負の遺産を想起させ、新南部の人種差別制度《ジム・クローイズム》への何らかの政治的メッセージとも受け取れる。この点は、次節にて詳述するように、フォークナーのテクストの主題とたしかに呼応するものなのである。

以上のように、雑誌のページに配された写真は、フォークナーの文章の内容を視覚的に補助する役割を果たしたとまではいえないものの、彼の回想録が実生活における観察や思い出に基づくエッセイでありノンフィクションであるという体裁を整えた。そして、その見せかけの自伝的様式こそが、フォークナーの企図した「メモワール」であった。その語り／騙りの手法がゆえに、雑誌『ホリデイ』や『エンカウンター』は、読者への免責条項を追記する必要性に迫られたのである。この事実は、しかしながら、「回想録《メモワール》」を構想したフォークナーの狙いを示唆する。彼のいう回想録とは、そのジャンルが前提とする読者との暗黙の約束を逆手にとり、あえて裏切る形式なのだ。フォークナーは、初期小説においても現実の出来事を適宜改変して取り入れてきたが、「ミシシッピ」においては、ノンフィクションと表立って標榜しつつ（あるいはそう読まれるであろうことがわかっているのにそのままに任せておき）、わざと現実と虚構の線引きを曖昧にしているのである。つまり、「ミシシッピ」の最大の特徴は、このノンフィクション性についての読者への目配せにある。フォークナーの「ミシシッピ」は、伝記の体裁をとった読み物なのである。回想録「ミシシッピ」は、旅行雑誌におけるフォトエッセイのスタイルにより出版されたことにより、フォークナーのメモワール構想に形態的には適ったものとなったといえよう。

では、こうした事実と虚構をないまぜにする自伝的様式を用いることによって、いったいフォークナーはどのような自己と世界を物語ろうとしていたのだろうか。次節では、二重のプロットと記憶の改変から立ち現れるフォークナーの自己と南部の似姿について検討を加えていく。

二重のプロットと記憶の改変

「ミシシッピ」において、フォークナーは、自己と世界の物語をどのように語っているだろうか。本作は、通常の回想録とは異なり、全知の語り手による三人称の語りによってプロットが展開する。だが、そこには作品を自伝的な色合いで読むよう読者に促す仕掛けがしてある。それが、〈作家フォークナー〉を彷彿させるペルソナの採用である。最初のページで「少年」と呼ばれる主人公は、読者が読み進めるにつれ成長していく。「一九〇〇年代初期」に「少年」[13]であった彼は、「青年、当時一六か一七歳の若者」(40)に、やがて一九一七年には一九歳の「青年」(21)に、さらには「職業作家」(35)になる。その彼が数行下で「ミスター・ビル」と近所の若者から呼ばれるそのとき、主人公と語り手との距離は極限まで近づき、主人公と語り手はともに一八九七年生まれの作家ウィリアム・フォークナーのペルソナとなる。実際、読み進めれば、主人公の正式な名前が「ウィリアム」(40)であることも示される。かくして作品世界は、フィリップ・ルジュンヌのいう〈自伝空間〉となる。読者は、作者と「間接的な形の自伝契約」を結び、「単に『人間的本性』の真実を指示するフィクションとしてばかりでなく、ある個人の本当の姿を明かしてくれる幻想としても読むように促される」のである。[14] ところが、すでに述べたように、本作における「自伝契約」には作者のサインは無い。回想録「ミシシッピ」から立ち現れる作家の自画像は、その語り手と主人公とのつかずはなれずの関係が示すように、容易にはつかめない影法師のようなものだ。しかし、たとえそうであってもこのペルソナは、フォークナーが世界に向けて見せたい自己像について教えてくれるはずである。回想録「ミシシッピ」において、フォークナーは自己と世界について語る／騙る。本節では、本作品の特異な特徴といえる二重のプロットと事実の改変に注目することで見えてくる自己と世界の似姿を明らかにし、フォークナーのメモワール形式とその意図について考えてみたい。

「ミシシッピ」においては、二種のプロットが入れ代わり立ち代わり交代し、ときに交じり合いながら展開する。一つは、南部という土地の開発史を語るものであり、いわば南部の土地とその人びとについての創世記である。「はじめは処女地だった」というフレーズは、リフレインのように繰り返される。もう一つは、主人公「少年」の成長史――身体の老成と精神的円熟――を語るものであり、こちらはいわば教養小説《ビルドゥングスロマン》である。全知の語り手は、南部の成り立ちを辿りながら、同時に主人公の成長をも綴る。

この二重のプロットは、基本的に時系列に沿って進行する。南部の開発史は、アングロ・サクソン系白人移住者たち――しばしばスノープス一族と同一視される――による、土地や人びとの蹂躙として表象される。言及される大森林の伐採やメキシコ原産の綿花の栽培は、歴史的事実であると同時に、ネイティヴ・アメリカンとアフリカ系アメリカ人の迫害の隠喩でもある。いまや荒野はどんどんやせ細り、人工の貯水湖が整備されるほどまでに土地の風景が変貌している。一方、主人公「少年」の成長史は、無垢なる子供時代、青年期の放蕩を経て、大人の分別をもつ老年期に達するまでを辿る。小説の登場人物にまじって狩猟を始めた「少年」（35）は、「狩猟クラブに初めて加入」（40）という通過儀礼を経る。一九一七年には無一文の「浮浪者」を気どっていた一九歳の「青年」（21）は、「今では大人になった少年、そして年功序列によってキャンプ責任者」（40）となり、「猟獣がどんどん減っていっている消えゆく荒れ野ではなく、もう少ししか残っていないものを破壊しているスノープス一族に立ち向かわなければならなかった」（35）。このゆるやかに交差しながら進行していく語りに差し挟まれているのが、フィクションによって「改良」された断片的な挿話である。この改変部分こそ、フォークナーの意図を解読する鍵なのだ。

現実の改変の顕著な例として挙げられるのは、青年時代の経歴に関する詐称である。禁酒法時代のニューオーリンズにてメキシコ湾を航行するトロール漁船の乗組員として密造酒の運搬に手を染めたという信じがたい経歴は、伝記作家たちによれば虚偽である。伝記作家ジョエル・ウィリアムソンによれば、この嘘の経歴は、ニューオーリンズ時代以降のフォークナーが実生活においてまわりに吹聴していた荒唐無稽なほら話と似通っており、また、フォークナーが脚本にかかわったアーネスト・ヘミングウェイ原作のハワード・ホークス映画『持つと持たぬと』（一九四四年）におけるハンフリー・ボガードの役柄にも似ているという。[15] しかし、実際のところ、この挿話の「ピート」と同一と思われる人物が、フォークナーの初期短編「密輸船に乗りしころ」（第一部）（“Once Aboard the Lugger” (I), 1932）に登場する。当該作品は、『スクリブナー』誌への掲載を願って書かれたものの掲載不可となり、結局、一九三二年二月一日号の『コンテンポ』誌に掲載された。映画の原作であるヘミングウェイの小説『持つと持たぬと』の第一部となった「ある航路」（“One Trip Across”）が、一九三四年四月号の『コスモポリタン』誌に掲載される二年ほど前のことである。このニューオーリンズの密造酒の売人の手先や船乗りとしての経歴は、『ポータブル』のために経歴を問い合わせたカウリーへの返信においても他言無用として含められている。[16]「ミシシッピ」において、フォークナーは、遠い昔の虚構の物語を、作品においても実生活においても事実として語り直しているのである。若かりし頃はアウトローであったのだという「改良」は、アメリカ文学における教養小説《ビルドゥングスロマン》の主人公の伝統にならっていると同時に、大人になった今では立派に家父長としての務めを果たしている事実を強調する効果がある。そして、「職業作家」となっている現在の自己は、次のように定義されている——「中年になりかけの（今では小説書きを職としている。若い頃は、放浪者、持ち物なしのさすらい人のままでいたいと願っていたが、時間と成功と動脈硬化に負けてしまった）男」（35）であると。狩猟を楽しむ少年は、やがてボヘミアンを気取る青年となり、今では改心して責任ある家父長としての役目を果たすまでになった。全知の語り手は、無垢な子供から無法者の青年へ、それから模範となる大人へと変貌する、自己の成長を強調しているのである。

より重大な「改良」は、フォークナー家の黒人使用人にまつわるものである。実際にはそうした事実は一切無いにもかかわらず、使用人「ネッド」・バーネットと「キャロライン」・バーは、フォークナー家で生まれた元奴隷であるという設定になっている。[17] しかも、フォークナー自身と二人の間には、雇用主と使用人という関係を超える絆があることが示唆されているのだ。フォークナーとネッドとの間には曾祖父を介して血縁関係があるかもしれないことが匂わされ（「裏庭で生まれた」）、それから彼とキャロラインの孫の男児とは、「同じ週に」「同じ名前」で生まれて「同じ黒い胸から乳を飲んだ」乳兄弟であることがまことしやかに書き込まれている。解説記事においてカウリーは、二人の描写について、疑問視するどころか称賛している――「小説にもでているが実在の人物でもあり、ここでは実生活で負っている名前そのままの名前が、『あの忠実とあの献身とあの厳正』とともに、与えられている」。[18] 実際、「ミシシッピ」において、二人は黒人使用人の鑑である。キャロラインは、奴隷解放宣言以降も「去ることを拒否した」（36）という自由意志によって使用人として変わらずフォークナー家に仕えた。その関係は、代々の責務をはたす温情的雇用主と昔からの忠実なる家内使用人のそれである。雇用者の方が使用人の側に「借金を負っている」というキャロラインの主張に従い、それを確認するやり取りを定期的に交わすことにより、あたかもフォークナー家の屋根の下においては白人と黒人との間に平等で対等な関係が成り立っているかのように提示されるのだ。

そうして語り手兼主人公は、この回想録「ミシシッピ」を、二人の年老いた使用人の死の看取りで終える。代々の忠誠心に報いるため、「ミシシッピ」の語り手である作家は、老いた二人の臨終に立ち合い、葬儀にて説教をするのである。ネッドは、「気楽にのんびりなすって、今までで最高のお説教をお聞かせ願います」(39) と願いを述べた。そして、キャロラインのときには、現実でも執り行ったように、彼女の葬儀を自宅で行い「実際に気楽にのんびりと説教」(42) をしたのである。こうしたペルソナの演出において、ひとまず、フォークナーは南部貴族の家系に連なる家長としての自己アイデンティティを創出しているといえるだろう。

だが、ことはそう単純ではない。ブラウン判決がだされる一か月ほど前に出版された本作にて、フォークナーは白人雇用主と黒人使用人との代々にわたって続く良き関係を描いているのである。そうした背景でみれば、なるほど人種問題についてリベラルな立場であるらしい語り手兼主人公は、南部における黒人への暴力、教育の不平等、人種分離の施設、選挙権の制限などについて、次のようにきびしく糾弾している。

しかし何にもまして、彼は不寛容と不当な仕打ちを憎んだ、なかでも、犯した犯罪行為ゆえでなく、ただ皮膚の色が黒いという理由で行われた黒人のリンチ(リンチは少なくなりつつあり、やがてなくなる日が来るだろうが、悪は確かに行われたことになろうし、取り返しもつかないだろう、なぜなら、一件のリンチだってあってはならなかったのだから)。次に、不平等。たとえあったとしても、当時彼らが甘んじていたお粗末な学校。外で暮らしたいと望まない限り、彼らが住まわざるを得なかったあばら家。彼らは白人の神を崇拝することはできても、白人の教会で祈ることはできなかった。白人の郡役所で税金を払っても、郡役所において、議員を選挙することはできなかった。白人の時計によって働きながら、白人の勘定によって給料をもらわねばならなかった［……］。(37)

しかしながら、ここでの「白人」は、スノープス一族に類する人々であって、フォークナー一族に類する人々ではない。リベラルで温情主義的な南部白人は、黒人とは良き関係を築いてきたのである。そして、語り手の故郷に対する憎しみは、最後の文章にてノスタルジアをもって愛へと変容する。

少しは憎むところがあるにしても、故郷ミシシッピのすべてを愛していた。彼には今にしてよくわかるのだ。愛するのは、それなりの理由があるからではなく、嫌なことがあるにもかかわらず、なのであり、素晴らしい美点のためではなく、欠点があるにもかかわらず、愛してやまないのだ、ということが。（42-43）

このように、フォークナーが世界に向けて見せたい自己像の裏には、南部の「改良」したい実態があった。フォークナーは、アフリカ系アメリカ人の親戚がおり、自身も奴隷の子孫である人物と乳兄弟として育ったという経歴に書き換えることにより、当事者として――南部に生まれ育った南部人として――その証言が真正なるものだと主張しているのである。その描写にみられる、白人の「旦那さま《マスター》」の庇護のもとで幸せに暮らす黒人使用人というステレオタイプを現代のわれわれが批判するのは容易く、またそのようなステレオタイプは実際に容認できるものでもない。だが、フォークナーにとっては、自身の言説が紡ぎ出す白人と黒人の関係こそが、そうあってほしいと願う南部のあり様であったのだろう。

二重の視点とメモワール形式

回想録「ミシシッピ」において、自らの「老い」を意識したフォークナーは、メディア混合の形態に加えて、南部の開発と自己の成長をなぞる二重のプロットにおいて、フィクションによる現実の「改良」という手法を用いて、これまで繰り返し語ってきた自己と世界の物語を語った／騙った。この回想録「ミシシッピ」においてフォークナーが試みようとしていたことは、老年期に特有の記憶作業を新しい文学形式によってあらわすことだったのではないだろうか。

回想録というジャンルを成り立たせているのは、いうまでもなく過去を思い出す行為である。「ミシシッピ」においては、この過去の振り返りにおいて、二つの性質の異なる視点が同時に用いられている。一つは南部の歴史と自身の個人史とを重ねあわせて成長物語《ビルドゥングスロマン》として語る統括的な視点であり、もう一つは過去のエピソードを刹那的に語る生成的な視点である。たとえば、後者から前者の視点への移り変わりは、サーディス湖での若者との刹那的な挿話の締めくくりに置かれた、人生を俯瞰的に客観視して評価を下す次の一節に象徴的にみられる。

その時突然、中年になりかけの男は、彼のからだの一部がもはやスループ帆船の中ではなく、一〇フィートほど離れたところにいる、そんな気がしたのだった。その時彼が目にし、見ていたのはこんな風景だった。ハーバードの学生と、タクシーの運転手と、逐電した銀行家の息子と、村の道化師と、中年の小説家が、北ミシシッピの丘陵地の奥地の人造湖で自家製のボートを走らせている風

景。そして彼は思うのだった、このようなことは人生で二度と起こらないような素晴らしいことなのだ、と。(36)

これら過去を振り返る二種類の視点は、老年期の記憶のあり方と密接な関係がある。そういえば「回想録《メモワール》」の語源は、ラテン語の「メモリア」なのであり、これは「記憶《メモリー》」の語源と共通する。歴史の編纂であり、過去の振り返りであり、人生の記録でもあるメモワールの根幹を成すのは、回想という語が示すとおり記憶なのである。

日常においてほとんど意識されることなく行われる過去を思い出す行為は、エイジング・スタディーズの先駆者であるキャスリーン・ウッドワードによれば、だいたい五〇歳を目安として徐々に頻繁になるという。この記憶作業には、「人生回顧《ライフ・レビュー》」と「回想《リミニシエンス》」という二つの形態がある。前者は、これまでの人生を一貫した物語として振り返る包括的、分析的、認知的なものであり、後者は、過去のある一時期を切りとって思い出す断片的、部分的、社会的なものである。(19) ウッドワードは、前者よりも後者の記憶のあり方を生成力と回復力のあるものとして評価する。(20) しかしここでは、この二つの記憶形態そのものよりも、これらを説明するウッドワードの言葉に注目したい。彼女は、人生回顧を「古典的な意味においての自伝に類比するもの」、回想を「自伝的な書き物、あるいは今日ライフ・ライティングと呼ばれるものの節目に類比するもの」(21) とアナロジーを用いて説明することにより、記憶形態と文学形式との間にみられる類似性をはからずも指摘している。「ミシシッピ」においては、南部の歴史とフォークナーの個人史をゆるやかな時系列で辿っていく伝記形式と断片的な挿話を生成的に刹那的に創出していくライフ・ライティングの様式とがみられる。「人生回顧」と「回想」という二種類の視点が共存することによって、俯瞰的な自伝と断片的なライフ・ライティングとが融合した見事な形式が成立しているといえよう。さらにいえば、冒頭の手紙でフォークナーが定義する回想録《メモワール》は、「伝記の体裁」をとっているものの、断片的、部分的、混淆的なライフ・ライティングのことであった。

フォークナーの自己語り

メモワール形式は、これまでも一貫して自己と世界とを語ってきたフォークナーが、人間の逃れえない運命である〈死〉が差し迫ってきていると意識した時、老いゆく自己と変わりゆく世界を語るにあたって到達した表現方法であった。その挑戦が、意識的に自身の加齢と戯れることであったことは興味深い。老いゆく自己の表象と自己語りの手法――ペルソナの使用、自伝的要素の援用、登場人物の再登用、自作品への言及――は、作家の老化の反映としてそこにあるのではなく、作家が意識的に老化現象を投影したからそこにあるのである。そして、人生回顧と回想という二つの視点を用いることにより老年期特有の記憶作業を文学形式に転化させ、「伝記の体裁」とライフ・ライティングを融合させた作品構造をもつ独自のメモワールを編みだしたのである。

ところが、この自己語りの手法は、フォークナーの〈レイト・スタイル〉として理解されるどころか、長らく批評家らからの酷評にさらされてきた。たとえば、ジョーゼフ・L・ブロットナーは、『尼憎への鎮魂歌』への批評的反響を次のように要約する――「盛りを過ぎ、彼自身を繰り返しているに過ぎない」[22]。フォークナーが「晩年に彼自身の作品についての注釈を書き始めてからは」読まなくなったというエレン・ダグラスの辛辣な意見に代表されるように[23]、批評家たちは、フォークナーの自己語りの手法を加齢による想像力の枯渇やオリジナリティの喪失の証としてみなしてきた。だが、こうした批判は、フォークナーの〈レイト・スタイル〉から引きだされた読者反応を示しているに過ぎない。批判の的となったペルソナの使用、自伝的要素の援用、登場人物の再登用、自作品への言及は、作家としての老化現象を示しているわけではない。前述したように、フォークナーは、三〇年代と変わらず五〇年代においても形式上の実験を続けていたのであり、メモワール形式はそうした挑戦の一環であったのだ。

五〇年代以降の作品には、フォークナー本人を彷彿させるペルソナが登場するようになる。そして、このペルソナによる語りは従来の自伝的要素の援用とは異なる反応を読者からひきだした。この読者反応こそ、後期の自伝的スタイルが初期のそれと一線を画する点なのである。後期作品においては、ペルソナの使用、自伝的要素の援用、登場人物の再登用、自作品への言及など、意図的に作家ウィリアム・フォークナーを思いおこさせる装置が仕掛けてある。その結果、たとえ語り手あるいは主人公に三人称の名前が与えられていようとも、読者は、本当は、作者自身のことなのではないかと想像しながら読み進めることになる。だが、こうした読者反応は、当然ながら、伝記的情報がある程度まで知られており著作も数冊読まれている高名な作家でなくては生まれない。つまり、この手法は、職業作家として成功した者だけに許された、しかもその成功者がキャリアの後半になってはじめて試みることができる、特権的な〈晩年のスタイル〉なのである。

この記憶作業を文学の形式に転化したスタイルは、『自動車泥棒』でも試される。その考察については第七章に譲り、つづく第三章では、本書が後期作品への転換点とみなす作品『尼僧への鎮魂歌』を取り上げ、その実験的形式に検討を加える。

註

"Mississippi" からの引用の邦訳は、ウィリアム・フォークナー『随筆・演説　他』大橋健三郎他訳（冨山房、一九九五年）所収の「ミシシッピー」によるが、文脈によって一部変更を加えた。

（1）Faulkner, *Selected Letters of William Faulkner* 320-21.

（2）*OED*, "memoir."

（3）Prenshaw 114.

（4）Ferguson 48. 彼自身は、二作品を括弧付きの「短編小説」とする。

（5）Skei, *William Faulkner* 280; Meriwether, ed., *Essays, Speeches & Public Letters* xv を参照。

（6）Cowley, "An Introduction to Mississippi" 33.

（7）Polk, *Children of the Dark House* 257.

（8）Faulkner, "Mississippi," *Holiday*, 33.

（9）Cowley, "An Introduction to Mississippi" 33.

（10）傍点筆者、斜体原文。Faulkner, "Mississippi," *Encounter*, 3.

（11）Bair 112.

（12）マグナム・プロの会員サイトでの検索による（pro.magnumphotos.com/）。同じ女性を撮影したERE1954001W00242-20, 同写真と思われるERE1954000W00248/12を参照。

（13）Faulkner, "Mississippi," *Essays, Speeches & Public Letters* 35. 以下、本章における同テクストからの引用は本文中の括弧内にページ数のみを記す。

（14）ルジュンヌ 五二。

（15）Williamson 177-78.

（16）Cowley, ed., *The Faulkner-Cowley File* 68.

（17）ウィリアムソンによれば、フォークナー家の伝承のなかではそういうことにされ、フォークナーの甥や義理の息子によってさらに話は「改良」された（Williamson 260-61）。ジュディス・センシバーは、これらは完全なるフィクションであるが、フォークナー家のシャドウ・ファミリーの存在を間接的に告白しているのではないかと推測する（Sensibar 114）。奴隷主であった曾祖父フォークナー大佐が混血女性との間に別の家族をもっていたことは事実である。

（18）Cowley, "An Introduction to Mississippi" 33.

（19）Woodward 2.

（20）Woodward 3.

（21）Woodward 4.

（22）Blotner, *Faulkner: A Biography*. 2 vols. 1395.

（23）Douglas 299.

第Ⅱ部　リ・ヴィジョン　《再視＝修正》

第三章

愛の技法ふたたび　『操り人形』から『尼僧への鎮魂歌』へ

戯曲形式

フォークナーの生前出版作品のなかで唯一、戯曲として構想された『尼僧への鎮魂歌』(一九五一年)。本作は、戯曲と随筆と小説をあわせたような形式をもつ。三幕それぞれの冒頭におかれた散文は、セミコロンを用いてピリオドを一切用いないことにより、長く連なった一つの文章による語りを成立させている。「戯曲」ではなく「戯曲形式の小説」と呼ばれる所以である。パンシア・レイド・ブロートンが適切にまとめるように、その混合形式のために批評家からは「小説とも戯曲とも呼べない」「下手な実験作」と評されてきた。だが、彼女も指摘するように、その「構造自体」にこそ意味がある。(1) 執筆段階においてフォークナー自身が、一つの小説のなかに七つの劇場面が組みこまれた「面白い形式上の実験」(2)と述べたように、『尼僧への鎮魂歌』は、混合形式という点においてメモワール構想に通じる作品と考えられるのである。

それにしても、なぜ、『尼僧への鎮魂歌』は戯曲の形式をとらねばならなかったのだろうか。「小説家」ウィリアム・フォークナーは、演劇となじみ深いとは思われていなかった。なにしろ、それまでの彼は、一度たりとも戯曲を発表していないのだ。彼自身も、演劇というジャンルが、自身の創作に何らかの影響を及ぼしたことがあったなどとは自覚していなかったようである。それは、若き愛人ジーン・スタインによる一九五六年の『パリ・レヴュー』誌のインタビューにおいて、自身の創作の展開を次のように振り返っていることからも明らかである――「私は詩人になり損ねたのです。小説家は大抵まず詩を書こうとして自分には書けないことを悟り、それから短編小説を書こうとします。詩の次に最も要求の多い形式だからです。それからそれにも失敗してやっと小説に手をつけるのです」(3)。たしかに、フォークナーの創作は、詩から短編小説それから長編小説へと進んだ。だが、フォークナーの習作時代にまで遡ってみれば、なぜ戯曲形式でなければならなかったのかを理解する手がかりを見出すことができるのである。

若かりし頃、ミシシッピ大学に在学中であったフォークナーは、演劇部「ザ・マリオネッツ」に所属し、演劇活動に携わっていた。一九二〇年、二作の戯曲『茶碗を口につけるまで』(二〇一五年死後出版)と『操り人形』(一九七八年死後出版)を完成させた彼は、二二年、その時すでに退学していたのだが、三本の演劇に関する書評と評論を大学新聞に寄せていた(4)。つまり、フォークナーの創作の原点には、演劇があったのだ。そして、『尼僧への鎮魂歌』において、習作戯曲から三〇年もの時を経てふたたび作劇に取り組んだのである。一九二〇年の習作戯曲から一九五一年の『尼僧への鎮魂歌』へ、この飛躍について検討を加えることは、フォークナー文学の展開についてこれまで見過ごされてきたことに光を当てるだろう。

本章は、このフォークナーの原点回帰について考察する。『尼僧への鎮魂歌』は、どうして三〇年ぶりに戯曲として構想されたのか。初期の習作戯曲との繋がりはあるのか。こうした疑問に答えるため、前半では、習作戯曲『操り人形』を取り上げ、その前衛的な混合形式を検討する。後半では、その前衛的な混合形式が『尼僧への鎮魂歌』に応用されているさまを明らかにする。三〇年ぶりの戯曲の創作は、芸術ジャンルを横断する自伝的様式をフォークナーにもたらすこととなる。

初期様式と初恋

創作の出発点において、若きフォークナーはどのようなスタイルを目指していたのだろう。習作時代のフォークナーにとっての発表媒体は、ミシシッピ大学の年報『オール・ミス』、新聞『ミシシッピアン』、滑稽誌『スクリーム』であった。一九一六年から二五年までの間、これらの刊行物には、「一七点のペン画、一六篇の詩、一作の短編小説と一作の散文スケッチ、六本の書評と文芸評論」が発表された。(5) 彼は、詩、短編小説、散文スケッチといった多様な文学ジャンルを試すだけでなく、ビアズリー風ペン画、アールデコ調グラフィック・アート、滑稽画、漫画といった視覚表現にまで挑んでいた。このように、芸術ジャンルを越えて様々な表現様式を模索するなか、フォークナーは、一九二〇年から二二年頃まで、演劇に並々ならぬ情熱を注いでいたのである。

一九二〇年、ミシシッピ大学に籍をおいていたフォークナーは、友人ベン・ワッソンとルーシー・サマヴィルの招請により、大学に演劇部を立ち上げる創設メンバーの一人となる。一九二〇年九月に結成された演劇部は「ザ・マリオネッツ」と名付けられ、翌年の大学年報『オール・ミス』には劇団ポスターが掲載された。そこには、ワッソンが「団長」、サマヴィルが「幹事」、フォークナーが「小道具」と記載されている。[6] ワッソンの回想によれば、フォークナーは小道具収集に優れた才覚を発揮すると同時に、時には大道具も手伝い、舞台装置について「写実的であるよりも示唆的であるべきだ」[7] と当時にしては斬新な考えをもっていたという。視覚効果を言語表現と対等に捉えるという、フォークナーの美術家としての側面を伝えている。サマヴィルは、後年、フォークナーの演劇への傾倒について次のように回想した――「ビルは戯曲を書こうとしていました。[……] 彼は、戯曲作品を読んでおり、芸術形式としての戯曲に、演劇すべての局面に興味をもっていました」[8]。実際、当時のフォークナーの演劇活動は、舞台の裏方だけでなく、劇作家、劇評論家、演出家と多岐にわたっている。一九二〇年、フォークナーは、最初の戯曲の試みと思われる一幕劇『茶碗を口につけるまで』を完成させ、禁酒法時代のニューヨークを舞台に、フラッパー女性に男性二人が求婚する軽妙な求婚劇を描いた。同年末にかけて、彼は、劇団の名を冠した一幕劇『操り人形』を執筆した。一九二一年一月七日、演劇部は三幕笑劇『キティの到着』を上演した。この初上演作を演出したのはフォークナーだった。[9]

フォークナーの戯曲は二作とも未上演に終わったが、その理由は異なった。『茶碗を口につけるまで』を読んだワッソンは、アマチュア劇団が上演するにしても「あまりに素人じみて」いると判断、「ただ何も言わずに保管しておいた」。[10] 草稿は、二〇一五年に『ストランド』誌が出版するまで、ヴァージニア大学のアーカイヴにて文字通りお蔵入りになった。一方、『操り人形』を読んだワッソンは、フォークナーの「裏切りと時間によって台無しにされた美のヴィジョン」を、劇団が上演することはできないとすぐさま悟った。[11] サマヴィルも、「面白い文学的労作」だが「上演という観点からは完全に非現実的」と思った。[12]『茶碗を口につけるまで』が上演に値しない未熟な出来であったのに対して、『操り人形』は、きわめて前衛的な作品であったがために、未熟な劇団による上演が困難であったのだ。

『操り人形』の上演の困難さは、文学ジャンルだけでなく芸術ジャンルも横断する独特の形態に起因する。本作は、ト書きは散文であるが台詞は韻文である。文字テクストはきわめて様式化された独特の文字で書かれ、九枚の絵が挟まれている。しかも、薄く透ける紙に描かれた挿絵には、カンデンス・ウェイドが論じるように、二枚の絵を重ねて裏から見るトリックアート的な要素まで隠されている。[13] 戯曲に挿絵が付されることは、ジュディス・センシバーが指摘するように、きわめて稀である。舞台での上演こそが、戯曲の虚構空間を視覚化する過程だからである。[14] 上演によって総合芸術として完成するのが演劇であるのに、フォークナーの戯曲は、テクストのみでそうなることを志向しているのである。この点に関してセンシバーは、ビアズリーの挿絵付き一幕劇『サロメ』の影響を挙げ、フォークナーがオスカー・ワイルドと同様に、上演を意図していなかったのではないかと推測する。[15] 大人向けの絵本のような『操り人形』は、上演に適した戯曲《ビューネンドラマ》ではなく、見て読む戯曲《レーゼドラマ》なのである。実際、手製本『操り人形』は、当時一冊五ドルという値がつけられ、最低六部が学友の手に渡った。[16]『操り人形』の創作は、戯曲という文学ジャンルの挑戦にとどまらない、言語と視覚の戯れが前景化されたモダニスト的前衛芸術の試みの一つと言えるのである。

一九一〇年代後半から二〇年代後半にかけて、フォークナーは、こうした試みを複数の文学ジャンルで試していた――三篇の詩『夜明け、蘭、歌』（一九一八年）、詩集『ライラック』（一九一九―二〇年）、詩集『春の幻』（一九二一年）、中編小説『メイデイ』（一九二六年）、詩集『ヘレン――ある求婚』（一九二六年）、散文スケッチ集『ロイヤル通り――ニューオーリンズ』（一九二六年）、童話『魔法の木』（一九二七年）。[17]これらの手製本において彼は、独特の文字でテクストを清書し、時には挿絵を添え、水彩画で彩った表紙で綴じた。手製本は、ロッター・ホニッヒハウゼンの言葉を借りれば、「マルチメディア創作物としての本、総合芸術作品《ゲザムトクンストヴェルク》」[18]なのである。

特筆すべきは、この「総合芸術作品」が、実生活における求愛の副産物として生みだされたという事実である。手製本は、親友でありメンターのフィル・ストーンに献呈した『ライラック』を除き、すべてフォークナーが騎士道的な愛を捧げていたヘレン・ベアードとエステル・オールダム（とその娘ヴィクトリア）に贈られた。現存することが知られる四部の手製本『操り人形』のうち一つには、エステルの娘「蝶々」ことヴィクトリアへの献辞が記載されている。[19]演劇部での上演を視野に執筆された『操り人形』が、最終的に前衛的な戯曲となったのは、創作の源泉となったエステルの存在があった。フォークナーの崇高な「芸術のための芸術」の試みは、世俗的な人妻への恋慕の情と密接に絡みあっていた。フォークナーの生涯の伴侶と『操り人形』が言語と視覚の戯れによる前衛芸術作品になったのは、後にフォークナーの生涯の伴侶となるエステルのおかげである。二人は一六歳の頃から恋仲になっていたが、[20]エステルは一九一八年に親の決めた相手と結婚、夫の駐在先のハワイで結婚生活を送っていた。だが、結婚はうまくいっておらず、一九二六年に離婚を前提にオクスフォードに帰郷するまでに、彼女は一九年、二二年、二四年と、二年おきの間隔で四ヵ月から一年にわたる里帰りをしている。[21]この期間に、フォークナーの創作活動は活性化している。[22]彼女との苦渋に満ちた恋愛は彼の創作の生産性を高めたのだ。フォークナーが手製本『操り人形』をエステルに渡したのは、一九二一年三月、彼女の二度目の里帰りの際である。[23]『操り人形』が、エステルに触発されて創作されたことは、まず間違いがない。フォークナーと時を同じくして、エステルは一九二〇年の秋よりハワイのアマチュア劇団に所属し、女優として舞台に立っていた。[24]センシバーが指摘するように、挿絵に描かれた女主人公とエステルの当時の写真との類似は驚くほどである。[25]『操り人形』の創作において、エステルはフォークナーの演劇の女神《ミューズ》であった。演劇の女神への奉げ物として執筆される過程で、『操り人形』は、韻文、散文、挿絵という、文学ジャンルと芸術ジャンルを横断する形態になった。そして、フォークナーの作劇術には、エステルへの複雑な愛憎感情の痕跡が残っている。

『操り人形』の作劇術

『操り人形』にみられる作品の構成、筋の組立、登場人物の造型は、一見非常に単純なものである。

『操り人形』は一幕劇であるが、中間部が挟まれることにより前後半に分かれている。登場人物一覧には、上からピエロ、マリエッタ、ピエロの影《シェイド・オブ・ピエロ》、灰色の人物《ア・グレイ・フィギュア》、薄紫色の人物《ア・ライラック・フィギュア》、秋の精霊《スピリット・オブ・オータム》と記載されているが、ピエロの影は劇中一度も登場しない。物語の本筋は、ピエロによる誘惑とマリエッタの堕落である。

前半、夏の庭園に、白い服の乙女マリエッタが登場する。灰色の人物と薄紫色の人物は、その姿を隠れて見ている。性の目覚めにおののくマリエッタを、ピエロがマンドリンを奏でながらダンスに誘う。彼女は怯えて断る。彼女の母親も同じ年頃にダンスに誘われ応じた結果、マリエッタを妊娠し、出産で命を落としたからである。それでもピエロの歌は、蜘蛛の糸のように彼女をつかんで離さない。

> ゆっくりと、一歩また一歩と、まるで恍惚状態にいるかのようにマリエッタは壁に近づいていく。両手は胸のうえでしかと組まれ、目はじっとピエロだけを見つめている、ピエロが歌い続けるあいだ彼女はまるで夢遊病者のよう、彼は、彼女のまわりに網をはるように歌を紡いでいく。［……］マリエッタはもう壁のところまで来た。ピエロは突然飛び降り、彼女を抱き上げる。しばらくのあいだ二人は壁のところで直立する、月明かりに一つの黒いシルエットとなって、それから［二人は］行ってしまう。(24-26)

かくして、「直立する」(erect)という単語が示唆するように、ピエロの誘惑は成就する。

中間部は、秋の精霊の七頁にわたる独白と一枚の挿絵から成る。秋の精霊は、夏の精霊とニンフとの恋の終わりと、彼の帰りを待つニンフの姿をうたう。夏の恋の終焉は、季節の移り変わりの寓意であると同時に、ピエロとマリエッタの恋の展開の暗示でもある。

後半、秋の庭園に、「炎の色をしたガウン」(42)をまとったマリエッタが再登場する。灰色の人物と薄紫色の人物が、移り気なピエロが彼女から去ってしまったと噂している(43)。二人は、今では、サロメを彷彿させる姿に変貌している彼女の美しさを称える(43-48)。年齢とともに美しさは衰えてしまう(48)と歌うマリエッタの長い独白で、幕が下りる。最後の台詞――「私が死んだ時、月は私のからだを弄ぶだろう」(54)――は、彼女が世を儚んで自殺することを示唆する。「幕」のあとに置かれた絵には、寝台に横たわるマリエッタの傍に立つピエロと鏡に映ったピエロの姿(ピエロの影)が描かれている。このように、戯曲の文字テクストは、ピエロに弄ばれた乙女マリエッタの悲劇的な死を示唆する。

ところが、『操り人形』の挿絵は、並行して異なる物語を語る。ランドール・S・ウィルヘルムが指摘するように、挿絵は、必ずしも戯曲の場面と連動しておらず、時に文字テクストと競合する解釈を提示する(5)。登場人物一覧の下部には、そっぽを向く女性の前に跪くピエロの姿が描かれている。劇中では純情で内気なマリエッタが、絵の中では、ミニスカートにボブヘアという現代的なフラッパー女性として登場する。一枚目の挿絵は、ト書きに示されているように、ピエロが一人でテーブルに突っ伏している姿が描かれている。テーブルには酒瓶がおかれ、中国のストールをまとったピエロの足元には、パンプスの片方が落ちている。五枚目の挿絵には、キーツの「ギリシャの壺によせて」を彷彿させるキスシーンが描かれている。劇中では庭の壁際でピエロに強引に奪われるマリエッタであるが、挿絵では、マリエッタの方が受け身のピエロにコケティッシュにキスを迫っている。七枚目の挿絵には、角笛をもつ人物の呼びかけに応じるようなマリエッタの後ろ姿が描かれている。八枚目には、両胸と臍をあらわにした大胆な衣装に身を包み、恍惚の表情を浮かべて両腕を頭の上に伸ばして指先を組む、ビアズリー風のマリエッタの姿が描かれている。「幕」の下部に描かれた最後の絵をよく見てみれば、横たわる女性の髪の毛は長く垂れ、時の流れを感じさせる。一連の挿絵は、心変わりをして去ったのは、ピエロではなくマリエッタの方であることを示唆する。マリエッタこそ、純朴なピエロを翻弄するニンフなのだ。挿絵を考慮してはじめて『操り人形』の本筋を読み解くことができる。劇中においてマリエッタの誘惑に成功するピエロは、実際はピエロの影である。本物のピエロは、ト書きと挿絵にのみ登場する。ト書きによれば、「泥酔して寝ているように見えるピエロ」は、テーブルに突っ伏し、「劇の間ずっと姿勢を変えない」(3)。劇中のピエロは、「白く官能的な動物」(43)と表象され、ニンフを誘惑する牧神《フォーン》のイメージと重ねあわされている。ピエロの影とは、マリエッタを誘惑して連れ去った男性の似姿、その精力的な男性が自分であったらと願うピエロの願望の投影である。舞台で上演されるのは、過去の過ちを悔いるピエロの回想ではなく、マリエッタに捨てられたピエロの夢想である。

こう読み解いてみれば、この言語と視覚の戯れから成る前衛芸術作品の創作が、他の男性と結婚して母になってしまったエステルの「裏切り」に対する複雑な感情を昇華したものであったことがよくわかる。マリエッタは、自分との結婚の約束を反故にして親の決めた相手と結婚したフラッパー女性エステルを、ピエロの影は、彼女をハワイと上海に連れ去った弁護士コーネル・フランクリンを、ピエロは、彼女に捨てられたフォークナー自身を、それぞれモデルにしている。そして、この芸術への昇華は、彼独自の作劇術を生む。

『操り人形』にみられる作品の構成、筋の組立、登場人物の造型は、後の小説作品の原型となる。本戯曲の最も顕著な形式上の特徴は、本筋とは一見関連しないように思われる部分が間に挟まれているという構造である。『操り人形』を編纂したノエル・ポークは、間に挟まれた部分のことを「間奏曲（幕間劇）」という言葉で説明し、それが「本筋に対する対位旋律的テーマとして機能する」[26]と論じる。中間部で語られる精霊とニンフの恋物語は、ピエロとマリエッタの恋物語に、神話的な象徴性を与える効果がある。また、戯曲の文字テクストと挿絵が異なる筋を並行して語る構造も、同技法の応用といえる。この技法は、次節にて論じるように、中後期の小説作品において確立を見る。本戯曲の主要な筋は、少女から大人になりつつある女性が精力的な男性の誘惑にのって堕落する、というものである。物語に登場する人物たちは、イタリアの仮面即興劇コメディア・デラルテに倣い、類型的な登場人物《ストック・キャラクターズ》である――移り気なニンフ、好色な牧神、無力な道化師。この牧神による誘惑とニンフの堕落という筋、登場人物の三角関係は、フォークナーの初期から中期にかけての小説に繰り返し登場する――『兵士の報酬』（一九二六年）、『響きと怒り』（一九二九年）、『死の床に横たわりて』（一九三〇年）、『サンクチュアリ』（一九三一年）、『八月の光』（一九三二年）、『アブサロム、アブサロム！』（一九三六年）。この意味において、『操り人形』はフォークナーの小説の原点なのである。

若きフォークナーは、キーツの「ギリシャの壺によせて」のごとく、成就しなかった初恋を永遠に紙上にとどめた。演劇の女神エステルとの困難な恋愛は、前衛芸術作品『操り人形』に結実したのである。芸術への昇華によって案出された作劇術は、フォークナーの小説技法として応用されていく。一九二〇年まで詩作に励んでいたフォークナーは、『操り人形』の執筆を経て、小説へと進む[27]。彼は、散文スケッチ「丘」を執筆するのだ。韻文、散文、挿絵という混合形式からなる前衛的な戯曲の創作は、芸術ジャンルを越えて様々な表現様式を模索するフォークナーに、過渡的な形式を提供し、詩から短編、それから長編へと進む下地をつくったのである。習作戯曲『操り人形』の創作は、フォークナーに小説への転換を促す決定的な役割を果たし、その後の小説創作にも持続的な影響を及ぼす。そして、フォークナーの作劇術は、三〇年後の『尼僧への鎮魂歌』において一つの完成をみる。

後期様式と老いらくの恋

キャリアの後期となっていた一九五一年、フォークナーはどのようなスタイルを目指していたのだろうか。『尼僧への鎮魂歌』の作品構想は、遅くとも一九三三年に遡る。その時点では、物語の本筋は「黒人女性［ナンシー・マニゴー］に関するもの」[28]であり、数頁の草稿には、弁護士ギャヴィン・スティーヴンズが奔走する「あの夕陽」の後日譚らしき物語が描かれている。[29]それから一五年後の一九四八年、フォークナーは、『尼僧への鎮魂歌』を『サンクチュアリ』の続編として構想し直す。この着想については、一九五七年四月二七日のヴァージニア大学での質疑応答において次のように説明している。

私は、あの娘の将来はどんな風になったのだろうと考え始めたのです。それから、こう思ったのです、ある弱い男の虚栄心のうえに成り立っている結婚など、どのようなものになりえようか?と。末路はどのようなものだろうか。すると、突然それは私には劇的で書くに足るものだと思えたのです……。[30]

こうして、フォークナーが「劇的」と感じたテンプルの結婚生活を描くために、実に三〇年ぶりに戯曲という形式が選ばれ、女主人公がナンシーからテンプルに変更になった。一九四八年七月一六日にランダムハウスと契約を結び、一九四九年の二月までに執筆を開始、[31]一九五一年の九月に出版された。『尼僧への鎮魂歌』においては、習作戯曲『操り人形』にみられた作品の構成、筋の組立、登場人物の造型が用いられているのである。だが、その作劇術には、フォークナーの三〇年にわたる研鑽の積み重ねと実生活の変化を反映した変更が加えられている。

はじめに、習作時代以来三〇年ぶりに、フォークナーが劇作に挑むことになり、さらには純粋な戯曲とはいえない形式になった背景を確認しておこう。

『尼僧への鎮魂歌』が戯曲として構想された裏には、女優ルース・フォードの存在があった。ミシシッピ大学出身のルースとフォークナーは、三〇年代のハリウッド時代以来の知り合いである。彼女から、いつか自分のために劇を書いてほしいと頼まれていたのである。[32]『尼僧への鎮魂歌』は、ルースがテンプルを演じることを念頭に、上演に適した戯曲として企図された。完成原稿が印刷に回された翌月、一九五一年七月一八日付のルース宛の手紙に、フォークナーは『尼僧への鎮魂歌』が上演されることへの期待を書き綴った――「貴女を主演女優として売り出す良い機会を、我々がつくれるのなら素晴らしいことです。私自身も、あのタイトルが上演されるのを見たいのです。『尼僧への鎮魂歌』は、私の作品のなかでも最良の一つだと自負しています」[33]。しかし、フォークナーの言葉とは裏腹に、『尼僧への鎮魂歌』は、『操り人形』と同様、上演に適した戯曲にはならなかった。

『尼僧への鎮魂歌』が、最終的に「小説とも戯曲とも呼べない」作品となったのは、ジョーン・ウィリアムズとの実現しなかった共作の計画のせいである。一九四九年八月に出会った二一歳の女子大生ウィリアムズは、『サンクチュアリ』のテンプル・ドレイクをフォークナーに思い出させたという[34]。作家志望の彼女に、フォークナーは『尼僧への鎮魂歌』の共作をもちかけ、あろうことかそれを盾に執拗に関係を迫った。一九五〇年一月七日、ウィリアムズ宛の手紙において、フォークナーは自身をピグマリオンに喩え、創作の手ほどきをするが、受けいれる覚悟はあるのかと書き送る――「恋に落ちるために冷たくて美しい彫像を創るのではなく、ピグマリオンが愛をこめて彼女のなかから詩人を創るんだ――まあ、そんなところだ。やってみる覚悟はあるかい？」[35]。フォークナーは進捗のたびにウィリアムズに原稿を送り続けた。彼の意図をはかりかねて共作に懐疑的な返信をよこす彼女に、フォークナーは次のような手紙を送った――「劇は君のものでもあるんだ。もし受け取ってくれないのなら、私もそれを捨ててしまおう。君と知り合っていなかったら、戯曲を書こうなんて思わなかった」[36]。『尼僧への鎮魂歌』の創作において、ウィリアムズはフォークナーの演劇の女神であった。結局、『尼僧への鎮魂歌』の執筆において、フォークナーとウィリアムズとの実質的な共同執筆活動が行われることはなかった。

しかしながら、ウィリアムズとの共作を視野に執筆される過程で、『尼僧への鎮魂歌』は、複雑な作品構造を持つに至る。一九五〇年の五月中に三幕分の草稿を仕上げたフォークナーは、この頃、出版本と上演用の劇脚本を分けることを思いついたようである。一五日付の編集者ロバート・ハース宛の手紙では、彼は「誰か」(ウィリアムズ)による書き直しが必要だと訴えた――「自分には戯曲は書けないってことに前にもまして気づいた。やれる誰かに書き直してもらう必要があるだろう。このままだと小説になってしまうかもしれないんだ」[37]。一九日、彼はウィリアムズに仕事の依頼を示唆する手紙を送った――「第三幕分の自分の版を、ほぼ書き終えた。戯曲じゃない、戯曲として書き直さなきゃいけない。今は何か小説の一種だ、そのまま印刷できて、劇に書き直すことができるんだ」[38]。二二日、ハースに宛てて、執筆の進捗状況と今後の見通しを次のように知らせた。

劇の初稿を書き上げた。それを書き直すつもりだ。つまり、私の版あるいは完成仕事は、一つの小説のなかで、七つの劇場面から語られる物語になる。ダブルスペースのタイプ原稿で二百頁ほどの長さになるだろう。この夏、ジョーンにあたらせたい。劇場面を取り上げて、長い台詞を短縮して、上演用の脚本を作れるかやらせてみようじゃないか。それから、どうやるかを知っている誰か劇作家のアドバイスをもらおう。私の版は、本として出版しよう、それは、面白い形式上の実験に――私にとっては――なるだろう。[39]

自分が担当する「小説の一種」とウィリアムズが担当する上演脚本に分けるというアイデアは、フォークナーにとっては、上演という制約から離れて自由に創作できるうえに、ウィリアムズとの「共作」も実現できるという一石二鳥の妙案であったのだろう。フォークナーの崇高な「芸術のための芸術」の試み――「面白い形式上の実験」――は、女子大生への懸想から生まれたのである。

一九五一年九月に出版された『尼僧への鎮魂歌』[40]は、三幕劇の形式をとりながらも、各幕の冒頭にはヨクナパトーファ郡の歴史的変遷を説明する叙事詩的な随筆部分がおかれるという、フォークナーの著作のなかで最も複雑な形式をもつ作品の一つとなった。演劇の女神への捧げ物として執筆される過程で、戯曲『尼僧への鎮魂歌』は、戯曲というジャンルを超える新しい文学形式となった。そして、習作時代の手製本『操り人形』の執筆状況を彷彿させる『尼僧への鎮魂歌』には、『操り人形』での作劇術が応用されている。その応用からは、フォークナーの三〇年にわたる研鑽の成果とウィリアムズとの恋の痕跡が見てとれる。

『尼僧への鎮魂歌』の小説技法

『尼僧への鎮魂歌』にみられる作品の構成、筋の組立、登場人物の造型は、一見非常に複雑であるが、『操り人形』の作劇術を発展させたものである。『尼僧への鎮魂歌』の第一幕のプロローグ「郡役所（市名の由来）」では、開拓時代におけるコンプソン、ピーボディ、ラトクリフの三名を中心に、ジェファソンの町の成立過程が語られる。一場、ガワンと結婚して二児の母親となっているテンプルは、貞淑な妻「スティーヴンズ夫人」として登場する。法廷にて、嬰児殺しの罪に問われたスティーヴンズ家の使用人ナンシーに、死刑判決が出る。二場、スティーヴンズ家の居間にて、テンプル、ガワン、弁護士ギャヴィンのダイアローグが続く。ガワンはこの八年間、禁酒している。三場、死刑執行の一週間前、同居間にてテンプルとギャヴィンがナンシーの助命を画策している。ギャヴィンは、テンプルに「真実」を告白するよう迫る。テンプルから睡眠薬を与えられ眠っているはずのガワンは、二人のやり取りを盗み聞きしている。

第二幕のプロローグ「黄金のドーム（はじめに言葉ありき）」では、州都ジャクソンの議事堂の沿革が語られる。一場、執行前日の午前二時、州知事の執務室にテンプルとギャヴィンが到着。ギャヴィンはテンプルに、八年前の出来事を、さらにはレッドに宛てた手紙をネタに弟ピートから強請られていたことを告白させる。二場、嬰児殺しの直前の場面。ナンシーの罪を誘発したのは、家族を捨ててレッドの弟ピートと駆け落ちをしようとしていたテンプルの行動であったことが明らかになる。三場は、一場の続きである。テンプルの気づかぬうちに、州知事とガワンが入れ替わっている。彼は、初めからずっとテンプルの告白を聞いていたのだ。

第三幕のプロローグ「監獄（いまだにまだ諦めることもなく――）」では、南部の歴史変遷に立ち会ってきた監獄にまつわる故事来歴が語られる。一場、執行前日の午前一〇時半、テンプルとギャヴィンが面会のために監獄を訪れる。テンプルとナンシーは、最後の会話を交わす。そして、神への揺るぎない信仰を述べるナンシーとは対照的に、テンプルとギャヴィンは次の台詞を口にする。

「私たちみんなそうね。破滅する運命にあるの。呪われし者なのよ。」

「もちろんそうだとも。神は二千年にもわたってずっとそう伝えてきたじゃないか。」(664)それに続いて、舞台袖から彼女の名前を呼びかけるガワンに応じるテンプルの言葉──「いま行くわ」(664)──で、幕が下りる。

『尼僧への鎮魂歌』においては、『操り人形』で初めて試された作品の構成、筋の組立、登場人物の造型が、原型として用いられている。前節で論じたように、『操り人形』は、本筋とは一見関連しない場面を挟むという構造になっており、戯曲の文字テクストと挿絵は、並行して別の物語を語る。中後期の小説において、フォークナーはこの作品構造と語りの手法を、重層的な作品構造によって多角的な視点から複数の物語を語る手法へと、より複雑に洗練させた。たとえば、『野性の棕櫚』(一九三九年)においては、二つの別個の物語が交互に進行していく。この作品構造について問われたフォークナーは、一九五七年五月二〇日のヴァージニア大学での学生との質疑応答にて、「対位法」という音楽用語を用いて自身の意図を説明した。

私が語ろうとしていた物語は、シャーロットとハリー・ウィルボーンの物語です。物語には音楽にあるような対位法的な性質が必要だと判断したのです。だからつまり、シャーロットとハリーの物語を強調するためだけに、もう一つの物語を書いたのです。二つの物語を交互の章として書きました。一つの章を書いて、それからもう一つの章を書いたのです、ちょうど音楽家がするように──、扱っている主旋律の後ろに対旋律をおくように。(41)

『野性の棕櫚』の二層の作品構造は、物語の本筋を効果的に語るために考案されたものなのである。同様に、『尼僧への鎮魂歌』の複雑な作品構造も、物語の本筋となるテンプルの結婚生活を効果的に語るために編み出された。三幕の冒頭部はヨクナパトーファ郡の創設物語を随筆風に語り、各幕の劇部分はテンプルの物語をダイアローグによって語る。先の質疑応答から二週間前のセッションの際に、この作品構造について問われたフォークナーは、やはり音楽家の作曲技法になぞらえて自身の技法を説明し、その意図した効果について詳らかにしている。彼によれば、各幕冒頭の随筆風の部分――「間奏曲（幕間劇）」――は、「管弦楽の作曲でいうところの対位法的効果」のために必要であり、その効果は、テンプルたちのダイアローグの応酬を、「神秘的に」、「より際立たせ」、「効果的に」するものである。[42]この「間奏曲（幕間劇）」によって本筋の物語を浮かび上がらせる手法は、まさに習作戯曲『操り人形』にて初めて試された劇作法が基になっている。『操り人形』において、秋の精霊の詩的独白が、劇中で展開するマリエッタとピエロの物語に神話的彩りを与えたように、『尼僧への鎮魂歌』においては、各幕冒頭におかれた随筆風の南部の歴史記述が、劇中で展開するスティーヴンズ家の物語に「神秘的」な側面を与える。このように、初期の習作戯曲『操り人形』において初めて試された手法は、三〇年の時を経て、複雑な入れ子構造とジャンル混合の語りへと発展したのである。

また、『尼僧への鎮魂歌』においては、『操り人形』で用いられた誘惑と堕落の筋と登場人物の三角関係が再登用されている。『操り人形』の登場人物が果たしていた類型的役割――牧神、ピエロ、ニンフ――は、『尼僧への鎮魂歌』では、ピート、ガワンとギャヴィン、テンプルが、それぞれ果たす。そして、『操り人形』での典型的なエピソード、すなわちニンフによる純朴なピエロの翻弄、牧神の誘惑によるニンフの堕落、ニンフの乙女から娼婦への変貌を、『尼僧への鎮魂歌』でも同様に見出すことができる。しかし、『尼僧への鎮魂歌』におけるピエロの役回りは、『操り人形』とは大きく異なっている。寝取られ夫ガワンは、『操り人形』の泥酔ピエロとは違い、この八年というもの禁酒しており、テンプルから与えられた睡眠薬も飲んではおらず、すべての会話を聞いている。弁護士ギャヴィンは、ナンシーの無罪を勝ち取れないという意味においては『操り人形』のピエロ同様に無力であるが、劇の進行をつかさどり、権威的な存在として采配を振るっている。ギャヴィンは劇の間中、「真実」の名のもとに、執拗にテンプルの口から男性遍歴を告白させようとする。『操り人形』のマリエッタは、牧神の誘惑により、乙女からサロメへと豹変するが、『尼僧への鎮魂歌』のテンプルは、ピエロの命令により、貞淑な妻スティーヴンズ夫人から娼婦テンプル・ドレイクとしての真の姿を曝け出すのである。しかし、その告白がテンプルの救済にはつながらないことは、最終場面の二人の台詞から明らかである。このように、『尼僧への鎮魂歌』では、『操り人形』と同様の物語の筋と登場人物の造型が採用されているが、ピエロとニンフの力関係だけは逆転している。『尼僧への鎮魂歌』では、ピエロがニンフを操るのである。

この自伝的ピエロ像の変化に、フォークナーの実生活における社会的立場の上昇が反映していることは想像に難くない。『尼僧への鎮魂歌』の執筆中にノーベル文学賞を受賞するフォークナーは、当時、文豪として一定の権力を行使できる（あるいはそうした幻想を抱かせることができる）立場にあった。良い作家になるためには性愛にオープンにならなければならない、と彼はウィリアムズに何度も手紙で指導した。[43]『操り人形』のピエロの影が歌を紡いでマリエッタを誘惑したように、フォークナーも『尼僧への鎮魂歌』の共作という甘美なダンスに乙女ジョーンを誘っていた。フォークナーは、若き頃の憧憬の対象であった牧神の役を、ついに実生活において演じていたのである。恋愛における力関係の変化は、フォークナーの作劇術にも変化をもたらした。作劇術からは、フォークナーの小説の中で最も複雑なジャンル横断形式をもつ作品の一つである『尼僧への鎮魂歌』――「面白い形式上の実験」――の創作が、なかなか自分になびかないウィリアムズに対して抱いていた苛立ちと焦燥感を昇華したものであったことが見えてくる。そして、この芸術への昇華は、彼を原点に戻らせる契機となったのである。

文豪フォークナーは、老いらくの恋の残影をテクストに映しこんだ。演劇の女神ウィリアムズとの儘ならぬ恋は、実験作『尼僧への鎮魂歌』に結実したのである。この芸術への昇華は、『操り人形』以来の作劇術を完成に至らせただけでなく、後期様式への移行を促した。五〇年代中葉の小品に、フォークナーのいう「回想録《メモワール》」、すなわち文学・芸術ジャンル（伝記、随筆、短編、絵、写真）を横断する形態をもつ自伝的作品の特徴が顕著にみられることは、すでに第二章で論じたとおりである。習作時代の手製本に回帰するような形態をもつメモワールの構想は、フォークナーの晩年様式であったといえる。文学ジャンルを横断する『尼僧への鎮魂歌』の創作は、原点回帰ともいえる前衛芸術作品の構想を企図させた。実験的な戯曲の創作は、フォークナーに後期様式への移行を促したのである。『尼僧への鎮魂歌』は、彼の出版作のなかで最も複雑なジャンル横断形式を持ち、その実験性は、フォークナーの後期小説の方向性を示す。

戯曲形式から後期様式へ

一九五〇年代以降、『尼僧への鎮魂歌』を経て、フォークナーはノーベル文学賞受賞作家として人前に出る仕事が増えていった。こうした公的な職務は、彼の創作意欲を衰えさせたのではないかという憶測を呼んだ。だが、五〇年代のフォークナーは、習作時代と同様あるいはそれ以上に、前衛的な形式を追求し続けていたのである。そして、おそらくフォークナーにとって、世俗的な愛と高尚な芸術とは常に不可分の関係にあったのだろう。習作時代の再演であるかのごとく、一九五一年の戯曲形式の小説は、実生活における求愛の副産物として生みだされたのである。習作時代における手製本が、言語と視覚の混合によるモダニスト的前衛芸術の試みの一つであったように、後期キャリアにおける『尼僧への鎮魂歌』も、文学ジャンル横断の混成形式による実験作である。初恋が『操り人形』に結実してフォークナーに原型となる作劇術をもたらしたように、老いらくの恋は『尼僧への鎮魂歌』に結実してその作劇術は一つの発展形をみる。『操り人形』が創作の原点だとすれば、『尼僧への鎮魂歌』は、到達点に限りなく近い通過点であった。フォークナーにとって戯曲とは、「誘惑のツール」(44)であると同時に、総合芸術作品に近づくための文学形式であったのだ。

フォークナーの創作は、実は、絵と詩から始まり、戯曲から短編小説、長編小説から「小説の一種」へと展開していった。本章の冒頭で引いたフォークナーの発言の趣旨――詩は形式の制約が多いが、小説は形式の自由度が高い――からは、表現様式へのあくなき探究心とでもいうべきものがうかがえる。総合芸術を目指していたフォークナーの創作が、文学ジャンルと芸術ジャンルを超える混合形式へと向かったのは必然の帰結であったといえよう。総合芸術としての演劇への憧憬は、晩年のフォークナーに、よりジャンル横断的で自由な形式への希求を呼び覚ました。習作時代における戯曲形式への取り組みが、若かりし頃のフォークナーに詩から短編小説への転換を促したように、『尼僧への鎮魂歌』の執筆は、老いたフォークナーに、原点回帰ともいえる文学ジャンルと芸術ジャンルを横断する前衛的な形態を志向させ、後期様式への移行を促進したのである。

しかし、皮肉なことに、総合芸術としての演劇に恋い焦がれるフォークナーに、上演を視野にいれた型通りの戯曲を書くことは不可能だった。「総合芸術作品」を目論んでいたからである。フォークナーにとって戯曲とは、いくら追い求めても手からすり抜けていく、つれないニンフのようなものだったに違いない。

註

（1）Broughton 749.
（2）Faulkner, *Selected Letters of William Faulkner* 305.
（3）Faulkner, *Lion in the Garden* 217.
（4）『茶碗を口につけるまで』（*'Twixt Cup and Lip*, *The Strand Magazine*, Oct-Jan. 2015, pp. 4, 9-12)、『操り人形』（*The Marionettes*, edited by Noel Polk, UP of Virginia for the Bibliographical Society of the U of Virginia, 1977)。以下、本章に

おける同テクストからの引用は本文中の括弧内にページ数のみを記す。フォークナーは、一九二一年一一月に大学を退学してからも『ミシシッピアン』への寄稿を続けており、「本とモノ」という欄において六本の書評・評論を発表した。詩から演劇、小説へという、若きフォークナーの関心の移り変わりをあらわすように、最初の二つが詩、続く三つが演劇、最後が小説に関するものである。演劇の書評は全て一九二二年発表、その主題は、エドナ・セント・ヴィンセント・ミレイの戯曲『アリア・ダ・カポ』、ユージン・オニール、アメリカ演劇である。詳細は、『初期の散文と詩』（*Early Prose and Poetry*）を参照されたい。

（5）Faulkner, *Early Prose and Poetry* 3.

（6）*Ole Miss* 135.

（7）Wasson 52.

（8）Blotner, *Faulkner: A Biography* 89.

（9）Blotner, *Faulkner: A Biography* 95.

（10）Blotner, *Faulkner: A Biography* 93.

（11）Williamson 191.

（12）Blotner, *Faulkner: A Biography* 94-95.

（13）Waid 7.

（14）Sensibar 213.

（15）Sensibar 213.

（16）Blotner, *Faulkner: A Biography* 95.

（17）『夜明け、蘭、歌』（*Dawn, an Orchid, a Song*, 1918）、『ライラック』（*The Lilacs*, 1920）、『春の幻』（*Vision in Spring*, edited by Judith L. Sensibar, U of Texas P, 1984）、『メイデイ』（*Mayday*, edited by Carvel Collins, U of Notre Dame P, 1978）、『ヘレン——ある求婚』（*Helen: A Courtship and Mississippi Poems*, edited by Carvel Collins and Joseph L. Blotner, Yoknapatawpha P and Tulane UP, 1981）、『ロイヤル通り——ニューオーリンズ』（*Royal Street: New Orleans*,

1926)、『魔法の木』(*The Wishing Tree*, Random House, 1964)。
(18) Hönnighausen, *William Faulkner* 11.
(19) オリジナル版とされる一冊がヴァージニア大学に所蔵されている。その他に二冊がテキサス大学所蔵、一冊がミシシッピ大学所蔵である。ヴィクトリアへの献辞があるのは、テキサス大学の二冊のうち保存状態が良い方の一冊。
(20) Sensibar 291.
(21) Sensibar 360, 367.
(22) Sensibar 360.
(23) Sensibar 360-61.
(24) Sensibar 398.
(25) Sensibar 8, 217, 361.
(26) Polk, *Faulkner's* Requiem for a Nun xix.
(27) センシバーと相田は、エステルが執筆した小説の手書き原稿数種がフォークナーを詩から小説へ転向させたと主張する。
(28) Faulkner, *Selected Letters of William Faulkner* 75.
(29) Polk, *Faulkner's* Requiem for a Nun 238-40.
(30) Faulkner, *Faulkner in the University* 96.
(31) Polk, *Faulkner's* Requiem for a Nun 242.
(32) Polk, *Faulkner's* Requiem for a Nun 237.
(33) Faulkner, *Selected Letters of William Faulkner* 318.
(34) James G. Watson, *William Faulkner* 198.
(35) Blotner, *Faulkner: A Biography* 512.

(36) Hickman 48.
(37) Faulkner, *Selected Letters of William Faulkner* 302-03.
(38) Faulkner, *Selected Letters of William Faulkner* 304.
(39) Faulkner, *Selected Letters of William Faulkner* 305.
(40) Faulkner, *Requiem for a Nun* in *William Faulkner: Novels 1942-1954* (Lib. of America, 1994), pp. 471-664. 以下、本章における同テクストからの引用は本文中の括弧内にページ数のみを記す。
(41) Faulkner, *Faulkner in the University* 171.
(42) Faulkner, *Faulkner in the University* 122.
(43) Hickman 88.
(44) James G. Watson, *William Faulkner* 200.

第四章

南部再訪　エヴァンズとフォークナーの後期様式

コモン・グラウンド

一九二六年のこと、ある作家志望のアメリカ人の若者がパリを訪れていた。そこで彼は、当時の文学青年に特有の行動をとったのである。シルヴィア・ビーチの本屋シェイクスピア・アンド・カンパニーの常連になる。カフェのハシゴをする。展示会にて、ピカソなど前衛絵画の洗礼を受ける。有名人ヘミングウェイとフィッツジェラルドとは一定の距離をとる。巨匠ジョイスと会う機会は、あえて見送る。そして後年、何故かそれを武勇伝であるかのように得意気に吹聴する——。これらの行動をとったのは、若きウィリアム・フォークナーではなく、詩や短編小説の創作活動に励んでいた若き日のウォーカー・エヴァンズ（Walker Evans, 1903-1975）である。この作家志望の若者は、二〇世紀モダニズムを代表する写真家として大成することになる。

フォークナーとエヴァンズ。二人を結びつける言説は、ほとんど存在しない。しかし、作家と写真家、同じ出版業界にて同時期に活動する芸術家だったというだけでは説明がつかないほどに、二人は様々な経験を共有している。現に、彼らのパリ時代をつづる伝記作家の筆致は、驚くほど似通っている。次の二つの抜粋のうち、前者がパリ巡礼を一九二五年にしたフォークナーの伝記からの、後者が一年遅れでそれをしたエヴァンズの伝記からのものである。

彼はしかるべきカフェにも通いつめ、シルヴィア・ビーチの有名な本屋シェイクスピア・アンド・カンパニーも訪れ、街をめぐるバスに乗るなど都会の楽しみをすっかり満喫していた。けれども、豊富にあった機会を利用して、文学サークルにおいて自分の知名度を上げるといったことはしなかった［……］。内気で田舎くさいフォークナーは、本当は明らかにそうしたかったにもかかわらず、有名無名を問わず他の作家とは会わなかった。「ジョイスのことは知っていたよ」、と何年もたってから語った。「彼を見るためだけに、彼が入り浸っていたカフェにわざわざ行ったりしたもんだよ。」だが、それだけ尊敬していた作家に話しかけようとしたことは一度もなかったようだ。(1)

奇妙にも彼は、内気のせいか自信の無さからか、当時パリ在住であった主流の亡命作家たちに会おうという努力は特にしなかったようだ――、ある種のちょっとした気おくれを示している。たしかに、彼はシルヴィア・ビーチの本屋シェイクスピア・アンド・カンパニーの顧客だったのだが、後年には、そこでジョイスに会う機会があったけれどもそれを掴まなかったのだと、ある種の自尊心をもって主張したのである。(2)

このほかにも、共通点はある。たとえば、一九二五年と一九二六年にリュクサンブール公園にて撮影されたそれぞれの写真。時は違えども同じ場所で撮影された二枚の記念写真は、ヨーロッパ・モダニズムの勃興から少し遅れた時期にパリを訪れたアメリカの芸術家志望の若者の間には、共通する行動様式があったことの証である。六歳違いのフォークナーとエヴァンズは、キャリアの形成期に同じパリの空気を吸っていた。そして、パリという共通の場にてモダンな芸術の息吹にふれたことは、その後の二人の芸術活動の展開に決定的な役割を果たしたのである。

彼らは、ヨーロッパ・モダニズムのたしかな鼓動を感じることで自らのアメリカ人としての芸術のあり方を模索するという、共通の体験をした同時代人であったのだ。自身もそうした世代の一人であるマルカム・カウリーは、一九三四年の自伝的著書『亡命者の帰還』において、パリという都市空間がこの世代へ及ぼした影響を次のように述べた――「パリは、神経を刺激して感覚を研ぎ澄ませるための偉大なる機械だった。絵画や音楽、街の喧騒、店、花市場、流行、布地、詩、思想、すべてが半分官能的で半分知性的な昏倒へと導いていかれるように思えた」。(3) パリ巡礼は、芸術を志向する当時の若者たちにとって必要な通過儀礼であったのかもしれない。フランスにてヨーロッパ・モダニズムに触発されたフォークナーとエヴァンズは、その後、ともに南部というアメリカ的素材を発見するに至る。

フォークナーとエヴァンズの芸術には、南部の風土が色濃く影響を及ぼしている。一九五六年のジーン・スタインによるインタビューにおいてフォークナーが、一九二九年出版の『サートリス』の執筆によって自分の生まれ故郷――「小さな切手ほどの郷土」[4]――が小説の題材となることを発見したと述べたことはあまりに有名だ。そして、現実のラフェイエット郡にもとづく南部の架空の郡《ヨクナパトーファ》を舞台とする作品群――『響きと怒り』（一九二九年）、『死の床に横たわりて』（一九三〇年）、『八月の光』（一九三二年）、『アブサロム、アブサロム！』（一九三六年）――が、彼の最もよく知られた代表作となっている。一方、エヴァンズの方は、ちょうど歳の数だけ遅れるように、一九三〇年代中葉に素材としての南部を発見する。彼のキャリアにとっても、南部という土地は重要なスタート地点だった。一九三五年から一九三七年の間、エヴァンズは、連邦政府の内務省、その後は再定住局に正式採用された写真家として、彼の希望によって南部に派遣されている。その途中の一九三六年には、『フォーチュン』誌の委託により、南部作家ジェイムズ・エイジーとアラバマ州ヘイル郡に赴いてもいる。これらの機会に撮影された写真が、彼の代表作として一九三八年のニューヨーク近代美術館での初の単独写真展『アメリカン・フォトグラフス』にも複数含められ、一九四一年のエイジーとの合作『名高き人びとをいざ讃えん』のポートフォリオに結実したのである。エヴァンズの写真家としての名声の大部分は、三〇年代中葉から後半の南部の土地と人びとを題材にした写真によるものといっても過言ではない。このように、フォークナーとエヴァンズは双方、一九三〇年代のアメリカ南部表象によって名を挙げた。そして、一九五〇年に前後して、二人は女性ファッション雑誌の誌上にて間接的に出会う。

このフォークナーとエヴァンズのキャリア上の奇妙な符合は注目に値する。本章では、女性ファッション誌によって企図されたフォークナーとエヴァンズとの知られざる間接的協働を取り上げる。彼らが、全盛期とされる一九三〇年代ではなく、遅れて一九五〇年前後という時期に間接的に出会うのは偶然ではない。エヴァンズとフォークナーの南部表象が交差する作品である「フォークナーのミシシッピ」("Faulkner's Mississippi," 1948) と「南部の葬送――ガス灯」("Sepulture South: Gaslight," 1954) を題材に、商業誌を介在して二人が繋がるという生産の過程を追うことにより、二人のモダニストの後期作品に共通する〈レイト・スタイル〉を探りたい。女性ファッション誌上における二人の邂逅が、戦後の印刷文化のダイナミクスから生みだされた決定的瞬間に他ならなかったことを明らかにしていこう。

「フォークナーのミシシッピ」

高級ビジネス雑誌『フォーチュン』の委託による訪問から約一〇年後の一九四八年、女性ファッション誌『ヴォーグ』の依頼により、エヴァンズは南部とふたたび向き合うことになる。ウィリアム・フォークナーの小説世界をあらわす「イメージ写真」を撮ることが写真家の任務であったが、大恐慌時代の南部の写真で名を馳せたエヴァンズだからこそ白羽の矢が立ったのだろう。特集「フォークナーのミシシッピ」は、出版のタイミングと副題――「フォークナー世界、一〇の小説、短編、そして新作「墓地への侵入者」の地理……ウォーカー・エヴァンズによる六頁の写真」("The Geography of William Faulkner's World, of His Ten Novels, His Short Stories, of His New Novel, 'Intruder in the Dust.' . . . Six

Pages of Photographs by Walker Evans”)（144）――から察するに、フォークナーの新作『墓地への侵入者』（一九四八年）とのタイアップであったようだ。ということは、ノーベル文学賞受賞以前の一九四八年頃にはすでに、フォークナーは女性ファッション雑誌において特集を組まれるほどの存在感を持っていたということになる。(5) ともに一九三〇年代に新進気鋭の芸術家として名を挙げた二人の同時代人は、四〇年代後半には、南部の土地と人びとをとらえた三〇年代の作品群が代表作として知られる中堅芸術家となっていたのである。

この委託仕事は、エヴァンズにとっても歓迎すべきものだったらしい。なにしろ、独立心が旺盛で通常であれば単独で仕事をすることを好む彼が、編集者アリーン・タルミーらを伴って南部への撮影旅行へ赴いたのである。(6) よほどフォークナーや南部への個人的な思い入れがあったのだろうか。かつてエヴァンズとエイジーは『名高き人びとをいざ讃えん』のインスピレーションの源の一つにフォークナーの作品群を挙げた――「示唆を受けたもの――フォークナーの作品群にみられる身振り、風景、服装、空気、行動、神秘、出来事……」。(7) また、一九三六年、エヴァンズは、再定住局の派遣により、ミシシッピ州オクスフォード近くにて浸食された土地風景の撮影を行っている。ともあれ、『ヴォーグ』誌の委託仕事は、エヴァンズにとって、南部を再訪する千載一遇の機会となったのである。

こうして一〇月号の特集記事「フォークナーのミシシッピ」には、フォークナー文学を解説する文章とともに、エヴァンズ撮影の一四枚の写真が誌面を飾った。この写真を撮るにあたって、エヴァンズはどのような方法をとったのだろうか。本節では、エヴァンズがいかにフォークナーの虚構世界《アポクリファ》を現実世界《アクチュアル》へと翻案したのか、その制作の現場を検証していく。制作現場からは、フォークナーとエヴァンズの芸術の親和性が、さらにはエヴァンズの後期作品に顕著な〈レイト・スタイル〉が浮かび上がってくるだろう。

フォークナーの言語表現を視覚表象へと翻案するにあたってエヴァンズが参照したのは、マルカム・カウリーの『ポータブル・フォークナー』だった。読書家であったエヴァンズの四〇〇冊を超える蔵書には、興味深いことに、二冊の『ポータブル』が存在する。ページに書き込まれた日付によれば、『ポータブル』の出版半年後である一九四六年一〇月に、彼は一冊目を入手した。二冊目の日付は、一九四八年五月。これは「フォークナーのミシシッピ」の撮影旅行に出かける約一ヶ月前のことだ。そして、この二冊目には、エヴァンズの手による書き込みが残されている。几帳面な彼は、自身のライブラリでの保存用とは別に、仕事で使用するための一冊を手にいれたのだろう。編纂者カウリーの意図どおり、『ポータブル』は、フォークナーの複雑に入り組んだ虚構世界に分け入るためのガイドブックの役割を果たしたのである。

さて、エヴァンズの探索の痕跡は、一九四六年版『ポータブル』の第五部「ある秩序の終わり」に集中している。収録されている作品の舞台が二〇世紀であること、あるいは自身の関心と共鳴するタイトルに惹かれたのかもしれない。「編者ノート5」の最終パラグラフ第一センテンス、「1902年　あの夕陽」の冒頭パラグラフ第二センテンス、「1918年　エミリに薔薇を」の第二パラグラフ第一センテンスにアンダーラインが引かれている。以下、傍線によって示す(8)。

「ディルシー」は、ばらばらになっていくコンプソン一家を描いた長篇『響きと怒り』(一九二九)

の最終章からとられている。この小説はフォークナーにとって終生お気に入りでありつづけた。(442)

今のジェファソンでは、月曜日もほかの平日となにも違わない。今では通りもすっかり舗装されて、電話会社と電力会社がミズナラとかカエデ、ニセアカシア、ニレといった日よけの街路樹をどんどん伐りたおし、代わりに血の気のない幽霊めいたふくれたブドウの房をぶらさげた鉄柱をたてているうえに、町には洗濯屋ができて、月曜の朝には派手な色の特製自動車が町じゅうをめぐり洗濯物を集めてまわる。(443)

それは大きな角ばった木造家屋で、昔は白く塗りあげられていた。丸屋根や尖塔や渦巻飾りのバルコニーをそなえた、重厚にして優美な一八七〇年代様式のその屋敷は、かつて町の目抜き通りだった界隈に建っていた。だが自動車修理工場や綿繰り工場が浸食してきて、近隣の名家は一掃されてしまった。唯一残ったミス・エミリの家は、綿の運搬車や給油機を眼下に、意地を張りながらあだっぽく朽ちていく姿を見せつけ、目障りな一帯にあってひときわ目障りだった。しかし今ではミス・エミリも往年の名家の諸氏にまじって、もの憂げに茂る杉林にかこまれ、ジェファソンの戦いで斃れた南北両軍の名もなき兵士の墓が立ち並ぶ墓地に眠ることとなった。(489)

エヴァンズが引いたアンダーラインからは、いくつかの興味深い事実が浮かんでくる。『響きと怒り』

が作者の一番の「お気に入り」であることに注目したこと。フォークナーの風景描写、とりわけ近代化による風景の変化に注目したこと。そういえば彼は、フォークナー同様、近代化がもたらす旧秩序の終焉に関心をもっていた。特に、五〇年代以降のエヴァンズのテーマは、失われつつあった過去の遺物を写真に残すことだったのである。エヴァンズは、単にフォークナー的被写体を探すだけでなく、自身の関心と呼応する箇所にアンダーラインを引いたのだろう。

しかし、急いで付け加えておかねばならないのは、エヴァンズが『ポータブル』を手に取ったのは撮影前にフォークナー作品を読んでインスピレーションを得るためといった漠然とした理由によるものではなかったということだ。このことは、『ポータブル』の最後のページに残されたエヴァンズ直筆のメモから明らかになる。

『ポータブル』の最後の空白のページ――ヨクナパトーファの地図と向かい合う左側のページ――には、下のように、数字と文字の組み合わせが書かれている。

上半分の四行に示された三つの数字は、『ポータブル』のページ数を指している。短い文字は、当該ページのアンダーラインが引かれた箇所の内容と合致している。そして、Qの文字は、

４８９　ミス・グリアソンの家
４４２　響きと怒り　お気に入り
４４３　Q（町の通り）
４８９　Q（丸屋根の家）

黒人小屋
黒人女性キッチン（ビロクシ）
町の通り
墓地
リバーフロントの場面
牢屋
製材所

quotationの最初の一文字で、「引用」の意なのだろう。丸括弧のなかの「町の通り」「丸屋根の家」は、被写体の候補をそれぞれ示していると思われる。つまり、上半分は、撮影台本およびエッセイの構想メモなのだ。一方、下半分の文字列は、どの作品に基づくものか定かではない。上の四つの文字は、アンダーラインが引かれていた「あの夕陽」と「エミリに薔薇を」からの発想だろうか。下の三つは、『ポータブル』の第六部に収録されている「1927年　オールド・マン（『野性の棕櫚』より）」のミシシッピ川の洪水の場面から発想されたものかもしれない。「キッチン」の丸括弧のなかにミシシッピ州の都市「ビロクシ」があることから（エヴァンズは一九四六年にビロクシを訪れて漁師の家のキッチンを撮影している）、具体的な撮影地の候補まで挙げた、撮影台本となっているようだ。

実際、完成した「フォークナーのミシシッピ」は、このメモとかなり合致している。エッセイには、短縮されてはいるが「エミリに薔薇を」でアンダーラインが引かれた箇所からの引用が登場する。また、メトロポリタン美術館の写真部門アーカイヴには、このプロジェクトに関わる三三六枚のネガが保管されており、それらネガを主題別に分類して照合してみれば、たしかにこれらの主題が撮影されているのである。このように、『ポータブル』に残された手書きメモは、エヴァンズがフォークナーの作品世界を視覚表現で再構築するにあたって、フォークナー作品における建物や風景の描写と対応する写真を撮影するという、かなり実直で具体的な方法をとったことを教えてくれる。エヴァンズは、本書を用いて、被写体の具体的候補となりうる建物や風景の描写を探したのである。

しかし、エヴァンズは、この南部の撮影旅行において、与えられた任務以上の、ある私的な目的ももっていたようだ。委託仕事について、後年のエヴァンズは、編集者を満足させると同時に自分自身をも満足させる必要があると述べているが[9]、この『ヴォーグ』誌の委託においても、その二つの異なる目的を同時遂行したと思われる。そして、この後者の目的こそ、エヴァンズの一九五〇年以降の後期作品に顕著にみられる〈レイト・スタイル〉へと繋がるものなのである。撮影旅行におけるネガを見ると、当然のことながら、撮影台本にはない被写体も数多く撮影されていることに気づく。とりわけ目をひくのが、様々なアングルから五九枚も撮影されたグリーク・リバイバル様式の南北戦争前のプランテーション屋敷である。完成したフォトエッセイにおいては、最初の見開きページの右側を飾った。このプランテーション屋敷という被写体が、フォークナー的土地風景を撮影するという表向きの目的に隠された、エヴァンズの真の旅の目的を示唆する。先に結論を言ってしまえば、彼自身の撮影旅行の目的とは、三〇年代に訪れた南部という場所を五〇年代に再訪すること、制作の原点に戻ることだった。その結果として、「フォークナーのミシシッピ」は、フォークナー的虚構世界を写真によって表現する翻案であると同時に、三〇年代の初期自作品へのオマージュともなっているのである。

この翻案とオマージュの同時遂行は、プランテーション屋敷の写真に最も顕著にあらわれている。『ヴォーグ』誌に掲載されたプランテーション屋敷の図版には、『サンクチュアリ』から抜き出された言葉、「気味悪く立ちはだかっている廃墟」(Ruin Rising Gaunt) がキャプションとしてつけられ、記事の本文には、同じ語句を含む箇所からのパッセージが、以下のように引用されている。

象徴的に、歴史的に、プランテーション屋敷はフォークナーにおいて常に重要です。ときには崩れ落ち、ときには焼失して四つの煙突だけが残り建ち、ときには半壊して、それは『墓地への侵入者』、

『村』、『サンクチュアリ』、それからその他六作以上の小説において、その塗られていない顔を上げているのです。それはこのページの写真の静寂な美のように見えるかもしれません――風雨にさらされたモーヴピンクの灰色は、かつては白色だったもので、草のベージュ色の輝きのうちにおかれていました。「……枝も刈りこまれていない西洋杉の木立ちのなかから気味悪くぬっと立ちはだかっている、がらんとした廃墟だった。それは、『フランス人の古屋敷』として知られている、南北戦争前に建てられた、一つの目じるしになる建物であった。広い地所のまん中に据えられた農園屋敷で、地所は綿畑と菜園と芝生からなりたっていたが、それも久しい以前に密林にもどってしまい、屋敷も、過去五十年間近隣のものたちによってちびちびと引きはがされては薪《たきぎ》に使われ、あるいは、グラント将軍がヴィックスバーグ戦役のためこのあたりを通りぬけたときに、屋敷を建てた人がその敷地のどこかに埋めたという評判の金を探し求めて、ときおりひそかな楽天主義をもってまわりを掘りかえされるというありさまだった……」〔『サンクチュアリ』〕。（145）

上記で引用されている作品パッセージは、『サンクチュアリ』冒頭におけるポパイとホレス・ベンボウとの対面場面の直後におかれた南北戦争前のプランテーション屋敷「フランス人の古屋敷《オールド・フレンチマンズ・プレイス》」の描写である。エヴァンズは、いつ入手したものかはわからないが、私蔵書のなかに一九三一年版『サンクチュアリ』を一冊所有している。[10] この虚構の屋敷の描写を念頭に、現存する南北戦争前のプランテーション屋敷を撮影した可能性が高いのだ。彼は、プランテーション屋敷の写真においても、フォークナーの言語表現を視覚表象へと忠実に翻案しているのである。だが、ここで、南部の荒廃したプランテーション屋敷の撮影は、エヴァンズのもっとも初期の仕事の一つでもあることを思い出す必要がある。

一九三四年に南部を訪れた際、エヴァンズは、プランテーション屋敷を数多く撮影した。一九三五年から一九三七年の再定住局時代にも、ニューディールとは全く関係の無い、墓地やプランテーション屋敷を精力的に撮影していた。グリーク・リバイバル様式のプランテーション屋敷の写真は、写真展『アメリカン・フォトグラフス』においても印象的に使用されている。第一部の最後を飾った写真は、ニューオーリンズの「ベル・エレーヌ」(Belle Hellene)。切り株が印象的な作品は、同じくニューオーリンズの「ベル・グローブ」(Belle Grove)。荒廃した南部プランテーション屋敷は、一九三〇年代の初期エヴァンズの重要な主題だったのである。そして、これら三〇年代のプランテーション屋敷の写真の方が、むしろフォークナーの「フランス人の古屋敷」の描写により合致しているようにも見える。「フォークナーのミシシッピ」のエヴァンズ作品「気味悪く立ちはだかっている廃墟」は、まさに若き頃の自作品へのオマージュ写真となっているのである。

そして、この過去の自作品へのオマージュは、若き頃の足跡を文字どおり辿り直す、というかたちでもあらわれている。フォトエッセイのページをさらに繰れば、「渦巻飾りのバルコニーのある屋敷」(Scrolled, Balconied House)というキャプションがつけられた、優美なバルコニー付きの邸宅の写真が目に留まる。キャプションは「エミリに薔薇を」からとられたもので、『ポータブル』にアンダーラインが引かれていた箇所が、記事の本文においても次のように短縮されて引用されている。

あるいは彼らはこんなところに住んでいたかもしれない。「大きな角ばった木造家屋で、昔は白く塗りあげられていた。丸屋根や尖塔や渦巻飾りのバルコニーをそなえた、重厚にして優美な一八七〇年代様式のその屋敷」〔「エミリに薔薇を」〕。そして彼らは、その渦巻飾りのバルコニーのある屋敷を所有していた人たちは、家族がこう見るであろうところに埋葬されたのです――「小さな丘の上に墓地とデニソン叔父さんの墓標が」〔『征服されざる人びと』〕。(149)

エヴァンズによる邸宅の写真は、このグリアソン家の屋敷を視覚的に表象したものなのである。だが、興味深い事実がある。実は、この被写体となった邸宅の存在を、エヴァンズは以前から知っていたらしいのだ。一九三六年、エドワーズにて、ある橋の上から駅と線路を撮影した。一九四八年、その撮影を行った同じ橋の上から別の方角を向き、この邸宅を撮影したのである。[11] つまり、この写真の撮影において、エヴァンズは実際に、自身の原点に立ち戻ったのである。邸宅の写真は、エヴァンズがこの撮影において、文字どおり自身の過去の足跡を辿ったことの証なのだ。

さらに言えば、このエドワーズの邸宅の写真も、過去の自作品へのオマージュともなっている。一九三八年、書籍版の『アメリカン・フォトグラフス』において、最後から二番目の図版に選ばれたのは、電線が印象深く配されたニューオーリンズのバルコニー付の屋敷であった。[12] この写真の方が、近代化の波に浸食されていくグリアソン家の邸宅をよりよく表現しているともいえる。『ポータブル』にアンダーラインを引いているとき、エヴァンズは、一九三〇年代に自分がレンズ越しに見た南部の土地風景をまさにフォークナーが言語化していると感じていたのかもしれない。一九四八年、『ポータブル』を媒体としてフォークナー作品に触発された彼は、自身が訪れた南部を再発見すると同時に、写真家としての出発点を再視＝修正（re-vision）したのである。

以上のように、「フォークナーのミシシッピ」においては、フォークナー作品における風景描写が忠実に視覚表現に置き換えられる一方で、過去のエヴァンズ自身の南部表象が繰り返されている。フォークナーの言語表現を視覚表象に翻案する過程で、エヴァンズは、過去に表象した自分自身の南部を再発見するに至ったといえるだろう。そして、このエヴァンズの一九四八年における初期作品への自己オマージュ、原点回帰こそ、フォークナーの一九五四年における「南部の葬送」にみられる〈レイト・スタイル〉と共通するものなのである。

「南部の葬送」

『ヴォーグ』誌のフォトエッセイ「フォークナーのミシシッピ」から六年後、今度はフォークナーが、エヴァンズの現実世界を虚構世界へと翻案した。一九五四年、彼は、英国生まれの作家で文芸批評家のアンソニー・ウエストから一枚の写真を受け取っていた。九月にランダムハウス社にて会った際、あれで何か書いてみないかというウエストに、「いい写真だ」とだけ呟いた。ほどなくして、ウエストの元に原稿が届いた。(13) こうして、フォークナーの最後の短編小説「南部の葬送」は、雑誌『ハーパーズ・バザー』の一二月号に登場することになった。ウエストは、当時、この女性ファッション誌の編集者でもあったのだ。

雑誌『ハーパーズ・バザー』の誌面では、「南部の葬送」の物語冒頭の反対側のページ一面に、創作の源となったとおぼしきエヴァンズ撮影による墓地の写真が配されている。一九四七年にケンタッキー州メイフィールドのメイプルウッド墓地にて撮影されたウールドリッジ家の記念像の四種の構図のうちの一つをネガポジ反転したものである。[14] 等身大の人物と動物の一八体の彫像の中心にあるのは、台座に置かれたヘンリー・G・ウールドリッジ大佐の大理石の記念像だ。[15] このエヴァンズの墓地の写真は、フォークナーに過ぎ去った南部を思い起こさせたようだ。彼は、切手ほどの大きさのヨクナパトーファを「発見した」とされる第二小説、彼の原点へと立ち返ることとなる。

雑誌編集者ウエストからの依頼は、フォークナーにとって願ってもない機会となったようだ。フォークナーの短編小説「南部の葬送」は、そのタイトルが明示するように南部の伝統的な葬儀様式を題材とする虚構の物語である。物語の背景となる時代は三〇年代であるが、一九二二年三月に執り行われたフォークナーの祖父ジョン・ウェズリー・トンプソン・フォークナー（John Wesley Thompson Falkner, 1848-1922）の葬儀に基づいているという。「半自伝的」[16] としばしば称されるが、『ハーパーズ・バザー』誌の読者にはノンフィクションのエッセイとして提示された。一二月号の「編集者のゲスト・ブック」という欄では、短編小説としてではなく回想録として紹介されている――「一九〇〇年代初頭の実際の南部式葬儀の感動的な思い出――彼の祖父の」(58)。エヴァンズの写真は、雑誌の読者に対して、作家フォークナーの回想の真実性を担保する証拠としての役割も果たしたことだろう。一枚のモノクロ写真が、フォークナーの想像力を刺激して物語を書かせ、さらにはその物語の挿絵であるかのように掲載されることで、メディア混合形式の自伝的作品を完成させた。同年四月出版の雑誌小品「ミシシッピ」

(本書第二章参照)に続いて、メモワール構想が実現されたのである。一九五四年、フォークナーは、初期の習作『操り人形』(本書第三章参照)において試していたメディア混合形式にふたたび戻ってきたといえよう。フォークナーもエヴァンズ同様、雑誌『ハーパーズ・バザー』の委託仕事において、編集者を満足させるという目的と、自分を満足させるという目的を、同時遂行したのである。

本節では、フォークナーがいかにエヴァンズの現実世界を虚構世界へと翻案したのかを確認していく。そこからは、エヴァンズの芸術との親和性が、さらにはフォークナーの後期作品に顕著な〈レイト・スタイル〉が浮かび上がってくるはずである。

短編小説「南部の葬送」[17]において、フォークナーは、エヴァンズの視覚表象をどのように言語描写に翻案しているだろうか。まず、エヴァンズの写真が、本作品の形式だけではなく、主題の決定に大きく影響を及ぼしたであろうことは明らかだ。写真においても物語においても、区画／筋道《プロット》の中心にあるのは大佐の記念碑、すなわち南部の伝統的な家父長の追悼なのである。エヴァンズの写真によって触発されたフォークナーの想像力は、彫像の葬列からノスタルジックな主題を読み取ったのだろう。

しかし、エヴァンズの写真の影響は、作品のテーマとしてだけではなく、彫像の具体的な描写にもみてとることができる。作品の語り手兼主人公である少年は、墓地に屹立する先祖らの彫像を、次のように描写する。

> そして今やぼくらはそれら(記念像)が見える所までやってきた。それらは巨大で白く、大理石の基礎の上で、ばらやすいかずらが密集している垣根よりも高く、マグノリアや糸杉、そしてエル

ムの木々よりもなお高くそそり立ち、虚ろな大理石の目で、はてしなく東方を見つめ続けている――決して象徴物ではなく、慈悲の天使でもなく、背に羽根を持つ天使でも、子羊でも牧童でもなく、ただ生前のままの現実に存在した人々の彫像であり、今となっては大理石の中で時を超越し、冒し難く、英雄のごとく巨大な姿、ぼくらの力強く、非妥協的で、断固たる鋭気に満ちたバプティスト‐メソディスト系プロテスタンティズムの厳しい伝統の中にあって、土くれの中からそびえ立ち、金に糸目をつけぬイタリア人の彫刻家の手によってイタリアの大理石に刻み込まれ、高い経費をかけて長い海上の道を運ばれて、［……］南部人たちの眠る寺院を守る、つまり不屈の守護神の中に新たな一員として加わった［……］。（453-54）

上記の描写は、ミシシッピ州オクスフォードのセント・ピーターズ墓地にあるフォークナーの祖父母の顔が彫られたオベリスクとはまったく異なる。フォークナーは、自身の記憶ではなく、直接は見たことが無いはずのケンタッキー州メイフィールドのメイプルウッド墓地にあるウールドリッジ家の区画を、エヴァンズの写真に基づいて記述したようだ。だが、写真を下敷きにしつつも、見たままに細部まで忠実に言語化したというわけではない。イタリアの大理石製のウールドリッジ大佐と地元の石灰岩製の姉たちの彫像は、フォークナーの描写にあるように実際に東を向いている。(18) だが、いまやフェンスには薔薇やスイカズラが絡まり、木々の背も高くなり種類も増えている。そして、並ぶ彫像の材質は、すべてイタリア産の大理石へと変えられている。ここでのフォークナーの筆致は、自身の独自のヴィジョンを、エヴァンズの写真の上に自由に塗り重ねるものだといえるだろう。

つづく祖父の彫像の描写においても、フォークナーの筆致は、物語創造の源泉となった写真の実像に基づくものであるように思えるが、その実、彼の個人的なヴィジョンが色濃く付け足されている。

また次の年には、イタリアで時間をかけて製作され、そしてまた大西洋横断の長い船旅をしてきた祖父の像も、祖母の隣に並んで石柱に取りつけられたのだ。ただし、その姿は彼がかつてそうであった兵士、そしてぼくもそれを望んでいた兵士像ではなく――あの古い上しかも頑固で不変の伝統の中では神格性から遠い地点にくる――法律家で国会議員、しかも元来そうではなかった演説家の姿であり、フロック・コートを着て、無帽の頭髪は後ろへとなでつけられ、彫刻された文書をやはり彫刻された一方の手で開いたまま持って立ち、もう一方の手は雄弁さを示すかのように前に差し出されていた［……］。（454-55）

このフォークナーの描写は、「フロック・コートを着て、無帽の頭髪は後ろへとなでつけられ」、彫刻された本の上にやはり彫刻された一方の手を置いて立つ、ウールドリッジ大佐の像とは共通するものがある。だが、語り手によれば、彫像の片方の手は演説の身振りで伸ばされている――。写真の大佐の像よりも、この描写に近接するのは、ミシシッピ州リプリーのリプリー墓地にあるウィリアム・クラーク・フォークナー大佐のそれだ。フォークナーの曾祖父フォークナー大佐は、虚構世界のサートリス一族の父祖「ジョン・サートリス大佐」のモデルとしても知られる伝説的な人物である。作品の結末において、少年は、春夏秋冬、ただ彫像を見上げるために、幾度となく記念碑の場所に立ち返る。一四歳の語り手に、フォークナーは、子供のころから将来はフォークナー大佐のような作家になりたいと憧れていた自分を代弁させたのだろうか。フォークナーは、彫像の描写に、自身の記憶の中の曾祖父の記念碑を写し込んでいるのである。

さらに言えば、この彫像の描写において、フォークナーは、エヴァンズの写真を言葉に置き換えるだけでなく、自身の原点である作品の描写を書き換えている。「南部の葬送」における少年の祖父の彫像の描写は、フォークナーの第二小説『サートリス』（一九二九年）におけるジョン・サートリス大佐の描写を彷彿させる。

その人物はフロック・コートに帽子なしという姿で、石の台座の上に立ち、片方の脚を心持ち前へ踏み出し、片手は傍らの石塔にもたせかけている。その頭は、世代ごとに、宿命的と言えるほどそっくりそのまま、繰り返されてきた、あの誇り高い尊大な動作を見せて、少しばかりのけぞらせ、世間のほうには背を向け、石の顔に刻まれた両の目は、自分の鉄道が走る谷間をへだてて、そのむこうの青い、変わることのない丘や、さらに彼方の無限の世界そのものの城壁へと注がれていた。(375)

「南部の葬送」における祖父の彫像は、現実世界のフォークナー大佐の記念碑に基づく、この虚構世界のサートリス大佐の像と重なり合うものがある。「南部の葬送」における家父長の追悼は、フォークナー自身の祖父と曾祖父を記念するものであるのみならず、初期の自作品『サートリス』への自己オマージュといえるのだ。フォークナーは、エヴァンズが撮影した彫像の彼方に、自身の曾祖父の彫像を見出していたのだろう。

以上のように、「南部の葬送」の墓地の風景描写においては、エヴァンズのフレームのなかの墓地の風景が言葉に置き換えられ自由に修飾される一方で、一九二九年のフォークナー自身の記念碑の描写が修正されている。エヴァンズの視覚表象を言語表現へと翻案する過程で、フォークナーは、過去に表現した自分自身の故郷を再発見するに至ったといえるだろう。一九五六年の『パリ・レヴュー』のインタビューにおいて、フォークナーは、故郷が創作の源泉となることを発見したのは『サートリス』であると述べ、本作品のことを「出発点」と呼んだ――「『サートリス』を発端に、私は自分の小さな切手ほどの郷土が書くに値するということ、私の一生をかけてもそれを書き尽くすことはできないということを発見したのです。そして現実世界《アクチュアル》を虚構世界《アポクリファ》へと昇華するにあたって、私は、自分がなにがしかもてる才能を最大限に発揮する完全なる自由をもつことができるのです」[19]。一九五四年、フォークナーはエヴァンズの写真を通して、最初のヨクナパトーファ小説の記述を、作家としての出発点を再視＝修正(re-vision)したのである。

こうしてフォークナーは、最後の短編小説「南部の葬送」において、初めて素材としての故郷を発見した初期小説へ、少年時代の自分自身へと回帰した。一九四八年と一九五四年、エヴァンズとフォークナーはそれぞれの作品において初期作品への自己オマージュを行っている。この原点回帰こそが、二人に共通する〈レイト・スタイル〉だった。さらにいうならば、これはモダニストを「再発見」した後期モダニズムの晩年の様式でもあったのだ。

遅れてきた世代の後期様式

以上、本章では、「フォークナーのミシシッピ」と「南部の葬送」におけるエヴァンズとフォークナーの南部表象について検討してきた。第二次世界大戦後にはモダニストとして揺るぎない地位を確立していたフォークナーとエヴァンズは、一九五〇年代前後の南部を表象するにあたり、一九三〇年代の自身の過去作品における南部表象に立ち返ることとなった。一九四八年の「フォークナーのミシシッピ」においては、フォークナー作品における風景描写が忠実に表現される一方で、過去のエヴァンズ自身の南部表象が繰り返されている。フォークナーの言語表現を視覚表象に翻案する過程で、エヴァンズは、自身の過去の南部表象を再視＝修正することとなったのである。一九五四年の「南部の葬送」においては、エヴァンズの写真における影像描写が入念に上書きされる一方で、過去のフォークナー自身の小説記述が繰り返されている。エヴァンズの視覚表象を言語表現へと翻案する過程で、フォークナーもまた、自身の過去の南部表象を再視＝修正することとなったのだ。

この初期作品へのオマージュ、原点回帰こそが、エヴァンズと共通するフォークナーの〈レイト・スタイル〉といえよう。ジル・モーラは、戦後のエヴァンズについて「あんなにノスタルジアを嫌悪していた彼が、今では消えゆく世界をノスタルジックな視線で見なければならない状況にあることを認識した」[20]と指摘する。これはそのままフォークナーにも当てはまる。ジェイムズ・ファーガソンによれば、「南部の葬送」は、「感傷性を排したあたたかいノスタルジアでもって、遠い過去の、新南部における幼年時代の雰囲気や色調を伝えている」[21]。フォークナーは、ただ単にエヴァンズの写真におさめられた風景を充当しただけでなく、エヴァンズの「ストレート」・フォトグラフィに抒情的な性質を加える審美的な手法をも援用したといえよう。(22)「南部の葬送」は、抒情的な回顧ドキュメンタリー作品なのだ。エヴァンズの写真との偶然の出会いは、こうして後期フォークナーの「回想録《メモワール》」の試作を可能にさせた。一枚の写真が、フォークナーの散文実験の契機となり、メモワール構想どおりの虚構と現実を織り交ぜたメディア混合の形態を実現したのである。

そして、二人のモダニストを全盛期の一九三〇年代ではなく遅れて一九五〇年前後に女性ファッション誌上にて間接的に出会わせたのは、戦後の出版業界のなせる業であった。

エヴァンズとフォークナーは、プロカメラマンと職業作家として、ニューヨークを中心とする同じ出版業界コミュニティに属していた。ここでの人的ネットワークは、次のようなものだ。フォークナーの虚構世界への入門をいざなった『ポータブル』の編纂者であるカウリーとエヴァンズは、詩人ハート・クレインを介して、一九二〇年代後半以来の知り合いである。(23)カウリーとフォークナーは、作家とその編纂者として、手紙を通して信頼関係を育んでいた。(24)一方、『ハーパーズ・バザー』誌の文芸編集者ウエストは、先輩作家にあたるフォークナーと友好関係にあっただけでなく、エヴァンズとも親しい友人関係にあった。ウエストのパブリシティ・フォトを撮影したのは、エヴァンズだ。仕事上のつきあいだけではなく、エヴァンズは独身となった一九五五年、頻繁に彼のコネチカットの農園を訪れていた。(25)そして、ブロットナーの伝記によれば、同年、フォークナーもこの農園での滞在を楽しんでいる。(26)また、雑誌『ハーパーズ・バザー』の編集者には、エヴァンズの友人アリス・モリスもいた。彼女の夫は、評論家ハーヴィー・ブライトで、フォークナーのインタビューや批評を行っていた。彼は、出版当時まったく売れなかったエイジーとエヴァンズ合作の『名高き人びとをいざ讃えん』（一九四一年）に、いち早く好意的な批評をよせた評論家でもある。実際、フォークナーとエヴァンズは直接会っている。双方の「公式」な伝記には全く記載はないものの、ある「私的」な回想録に二人の出会いが記されている。一九五九年にエヴァンズと出会い、一九六〇年から一九七〇年までエヴァンズと結婚していたイザベル・ストーリによれば、二人はブライトが開いた集まりで顔を合わせた。(27) 社交が得意だったとはいえないフォークナーだが、ニューヨークに出てきたときには、こういった出版関係のパーティーに一応は顔をだし、大学関係の知識人、文芸評論家、ジャーナリストたちとの交流を図っていた。したがって、エヴァンズとフォークナーが編集者主催のパーティーで顔を合わせていたとしても、不思議でもなんでもないことなのである。出版業界とは、かくも狭いものであった。

そして、このようにエヴァンズとフォークナーが交差したその背景には、戦後の出版業界によるモダニズムの売り出しがあった。女性ファッション雑誌『ハーパーズ・バザー』の誌上でのフォークナーとエヴァンズの間接的なコラボレーションは、世紀中葉の出版業界によるモダニズムの大衆化を指し示している。先立つ一九四八年の女性ファッション雑誌『ヴォーグ』におけるエヴァンズのフォトエッセイ「フォークナーのミシシッピ」が、当時のフォークナーの最新作であった『墓地への侵入者』の販売促進のための特集記事であったことを思い出す必要があるだろう。さらにいうならば、二人の数年違いの間接的な協働は、国内外にアメリカのハイ・モダニズムを宣伝するための冷戦期ならではの総合型マーケティング・コミュニケーションの一環でもあった。戦後の主流のアメリカ人芸術家として両者が広く一般に認知されていたからこそ、エヴァンズとフォークナーの道は交差したのである。一九四八年と一九五四年、商業誌の誌面上で二人の間接的協働が実現したのは、この戦後印刷文化のダイナミクスが働いてのことだった。

こうして第二次世界大戦後以降、アカデミアとマス・メディアは強力なタッグを組み、一九二〇年代から一九三〇年代のハイ・モダニズムへのトリビュートを盛んに行っていた。これらのモダニズムの宣伝活動に関わった文芸関係者たちの多くは、カウリーを筆頭として、若い頃にはパリで過ごした経験をもっていた。つまり、戦後の出版業界コミュニティは、いまや安定した地位を手に入れたかつての「失われた世代」の集まりでもあったのだ。若い頃から芸術を志向し、文芸キャリアを模索していたこれらの世代は、フォークナーやエヴァンズの作品の向こう側に、若き日の自分たちの姿を見出していたのだろうか。

一九五〇年前後の時点から遡及的に一九二〇年代と三〇年代のハイ・モダニズムを称揚したのは、この戦後の中堅世代による神話生成であったといえよう。自分たちと同世代の芸術家を「失われた世代」のハイ・モダニストとして「再発見」することで、自らの青春時代を回顧し、原点回帰をはかっていたのである。フォークナーとエヴァンズの商業誌での出会いは、二人の芸術の親和性と後期様式を明らかにするだけでなく、それらを「再発見」させるべく尽力した、戦後の失われ《ロスト》た世代、否、遅れて《レイト》きた世代による自己オマージュという後期様式を示している。

註

The Portable Faulkner 所収のテクストからの引用の邦訳は『ポータブル・フォークナー』桐山大介他訳（河出書房新社、二〇二二年）に、*Sanctuary* からの引用は『サンクチュアリ』大橋健三郎訳（冨山房、一九九二年）に、*Sartoris* は『サートリス』斎藤忠利訳（冨山房、一九七八年）に、"Seputure South" は『短篇集（2）』（冨山房、一九八四年）所収の牧野有道訳による。文脈によって一部変更を加えた。

（1）Singal 72.

（2）Mellows 44.

（3）Cowley, *Exile's Return* 135.

（4）Faulkner, *Lion in the Garden* 255.

（5）フォークナーと女性ファッション誌との関係については、以下の論考が詳しい。Jaime Harker, "*The Wild Palms*, *The Mansion*, and William Faulkner's Middlebrow Domestic Fiction" in *Faulkner and Print Culture*, ed. Jay Watson, Jaime Harker, and James G. Thomas Jr. (UP of Mississippi, 2017); Yuko Yamamoto, "When Faulkner Was in *Vogue*: The American Women's Magazine Fashioning a Modernist Icon," *Journal of Modern Periodical Studies* 11.1 (2020).

（6）Mellows 514-15; Keller 331.

（7）Agee and Evans, *Let Us Now Praise Famous Men* 449.

（8）エヴァンズがアンダーラインを引いた元の英文テクストは、以下の三箇所である——"'Dilsey' comes from the fourth and last part of *The Sound and the Fury* (1929), which describes the going to pieces of the Compson family and which is still Faulkner's favorite among his novels" (Cowley, ed., *Portable Faulkner* 442); "Monday is no different from any other weekday in Jefferson now. The streets are paved now, and the telephone and electric companies are cutting down more and more of the shade trees — the water oaks, the maples and locusts and elms — to make room for iron poles bearing clusters of bloated and ghostly and bloodless grapes . . .” (Cowley, ed., *Portable Faulkner* 443); “It was a big, squarish frame house that had once been white, decorated with cupolas and spires and scrolled balconies in the heavily lightsome style of the seventies, set on what had once been our most select street. But garages and cotton gins had encroached and obliterated even the august names of that neighborhood; only Miss Emily’s house was left, lifting its stubborn and coquettish decay above the cotton wagons and the gasoline pumps—an eyesore among eyesores. And now Miss Emily had gone to join the cedar-bemused cemetery among the ranked and anonymous graves of Union and Confederate soldiers who fell at the battle of Jefferson” (Cowley, ed., *Portable Faulkner* 489).

（9）Campany 166.

（10）メトロポリタン美術館写真部門メレディス・フリードマン作成のエヴァンズ蔵書ファイルによる。

（11）Keller 337.

（12）Evans, *American Photographs*, Part Two, no. 36.

（13）Blotner, *Faulkner: A Biolgraphy* 539; Blotner, ed. *Uncollected Stories* 703.

（14）メトロポリタン美術館ウォーカー・エヴァンズ特別コレクション、所蔵品番号 1994.252.218.1-.4.

（15）米国歴史登録財データベースの “Wooldridge Monuments” 2.

（16）Brodsky 65.

（17）Faulkner, “Sepulture South,” *Uncollected Stories of William Faulkner* (Random House, 1979), pp. 449-55. 以下、本章における同テクストからの引用は本文中の括弧内にページ数のみを記す。

（18）“Wooldridge Monuments” 2.

（19）Faulkner, *Lion in the Garden* 255.

（20）Mora 259.

（21）Ferguson 48.

（22）Yamamoto, “From Faulkner to Hemingway via Evans” 66, 68-69.

（23）Mellows 80, 103-04.
（24）Cowley, ed., *The Faulkner-Cowley File.*
（25）Rathbone 230.
（26）Blotner, *Faulkner: A Biolgraphy.* 2 Vol. 1593.
（27）Storey 171.

第五章

失われた世代《ロスト・ジェネレーション》の神話と寓話　『兵士の報酬』と『寓話』

二八年の時を隔てて

「『戦争文学』ではありません」（Not a "War Book"）——これら太字の文字列は、フォークナーのデビュー小説『兵士の報酬』（一九二六年）の英国版がチャットー&ウィンダス社から一九三〇年に出版されるにあたり、作品タイトルの真上に付け加えられたものである。

この免責条項とも受け取れる表紙カバーの宣伝文句は、かえって『兵士の報酬』の「戦争文学」としての受容を可能にしたようだ。たとえば、英国文壇の大御所アーノルド・ベネットは、一九三〇年六月二六日の『イブニング・スタンダード』紙上にて『兵士の報酬』を次のように高く評価した。「『兵士の報酬』は「戦争文学ではない」と言う。私はそれを戦争文学と呼ぶ。小説の主要な男性登場人物たちは帰還兵であり、全体の物語は、戦争ゆえに死す、ひどい裂傷を負った一人の飛行士にかかっている。それに戦闘場面は小説のなかで直接的に描写されていて、かつ大変上手く描写されている」[1]。あるいは、英国版に新たにつけられた「序文」において、英国作家リチャード・ヒューズは、『兵士の報酬』は、従来描かれてこなかった「和平」を扱うという点において、戦争文学というジャンルを刷新するものであると説いた[2]。こうして、戦後社会への復員兵の再入の困難さを描く『兵士の報酬』は、評論家の主導で、当世風の戦争小説として読者に売り込まれたのである。フォークナーが無名――「英国で知られていないだけでなくアメリカでも実質的に知られていない」[3]――であるがゆえに、評論家たちは『兵士の報酬』を当時一大ブームとなっていた戦争文学の一つとしてわかりやすく紹介したのだろう。

「これは平和主義文学ではありません」(This is not a pacifist book)。それから二八年後、今度はフォークナー自身が、新作『寓話』(一九五四年)につけられるはずであった「『寓話』の覚え書」の冒頭にそう書いた。この宣伝用の作者声明は、ランダムハウスの担当編集者サックス・コミンズの要望に応えて書いたものであったが、不採用となり世に出ることはなかった[4]。ジェイ・ワトソンが推察するように、ただでさえ難解な作品をどう読んでよいのかわからなくさせると判断されたのだろう[5]。作者に代わって作品解説をしたのは、出版元のランダムハウスだった。

表紙カバーのそでに記された文章は、『寓話』を、むしろ人類の救済を希求する究極の平和主義文学だとする。出版社によれば、『寓話』は、二項対立ではなく全てについての物語だ。「人々の、兵士と市民［……］の寓話」であり、「暴力と謙虚、残酷と共感、哀愁とユーモア、戦争と平和についての心に響くストーリー」である。そして、「この現代的なフォークナー版の受難週は、同時代の人間の心の葛藤、願望と苦悩と最後の救済への希望を反映している」[6]という。ノーベル賞の晩餐会スピーチでの「人間の心の葛藤」「人間は打ち勝つ」といったフォークナー自身の言葉を思い起こさせるこの文章は、『寓話』を次のように大げさに称賛して締めくくられる――「われらの時代のアメリカ文学へのもっとも顕著な貢献の一つであることは確実です。しかし出版社は、さらにもっと稀な現象になると確信しています。この本は、作家の存命中に古典と認められる本になるでしょう」[7]。こうして、第一次世界大戦中の西部戦線におけるキリストの再臨を描いたとされる『寓話』は、出版元のランダムハウス社の主導で、普遍的な平和主義文学として読者に売り込まれたのである。「ウィリアム・フォークナーの際立って輝かしい経歴における最高傑作」[8]、「ノーベル文学賞受賞者による最高到達点をしるす」[9]といった宣伝文句が示すように、フォークナーが著名であるがゆえに、出版社はノーベル賞作家の意欲作だとさえ紹介すればよかったのだろう。

　この二つの小説の売り出され方の違いは、二八年の時を隔てたフォークナーの印刷文化における立ち位置の変化を端的に示している。一九二六年のフォークナーは、「戦争文学ブーム」という出版業界の潮流に乗じて文壇デビューを果たさなければならなかったが、その小説は駆け出し作家の出世作として好評を得た。『兵士の報酬』を足掛かりに文壇の仲間入りを果たしたその彼が、一九五〇年以降にはノーベル文学賞受賞によって文壇の頂点に上り詰めていたのである。『寓話』は、ノーベル賞作家フォークナーの渾身の力作として受け止められ、一九五五年にピューリッツァー賞と全米図書賞のダブル受賞という栄誉に輝いている。しかし、そんな両作品も、現代では批評的に顧みられることがほとんど無い。このように、両作品の受容は、同時代の批評の評価に左右されてきたのである。本章の議論においても、この点が俎上に上がることになる。

本章では、第一次世界大戦を背景とする二つの長編小説を比較検討する。『兵士の報酬』においてフォークナーは、第一次世界大戦の終結後、死んだと思われていた兵士が遅れて帰還したことをめぐる群像劇を描いた。『寓話』においては、第一次世界大戦の西部戦線において発生した兵士による自発的停戦という反乱をめぐり、その中心人物である伍長が処刑され、偶然から無名戦士の墓に埋葬されるという顛末が描かれる。戦後と戦中という違いはあれど、第一次世界大戦に翻弄される兵士が描かれているという点においては共通しているといえる。フォークナーは、『尼僧への鎮魂歌』において三〇年ぶりに習作『操り人形』で試みた戯曲形式にふたたび取り組んだように、『寓話』において二八年ぶりにデビュー小説『兵士の報酬』で扱った第一次世界大戦という素材にふたたび立ち返ったのである。一九二六年の『兵士の報酬』から一九五四年の『寓話』へ、この飛躍について検討を加えることは、印刷文化におけるフォークナーの地位の変化を明らかにするとともに、フォークナーの〈レイト・スタイル〉の変容と展開を映し出すことになるだろう。

失われた世代の作家

多くの伝記作家は、フォークナーが生涯を通して公的人格《ペルソナ》を演じ続けていたと指摘する。「負傷兵」

「ボヘミアン芸術家」「農夫」「ヴァージニア紳士」といったペルソナは、研究者にとって馴染深いものである。[10] なかでも、若きフォークナーによる第一次世界大戦後の「傷痍勇士」の演技——着る権利のない士官の軍服を着こみ、杖をついて足を引きずって歩いた——は、フォークナーの戦争体験が議論の俎上に載せられる時には、お決まりのように唱えられるエピソードである。『兵士の報酬』について論じる前に、まず、この負傷兵ペルソナなるものの虚実について確認しておく必要があるだろう。なぜなら、本作品が不遇の作品ともいえるのは、このフォークナーの〈下手な演技〉とも無関係ではないからである。

本節では、フォークナーの若気の至りとされている「傷痍勇士」の演技に関する批評言説を検討することで、後年になって「失われた世代の作家」という神話にフォークナーがいかに内包されていったのかをみてみたい。

一九一八年一二月、家族が出迎えるオクスフォードの駅に降り立ったフォークナーの装いは以下のようなものであった。

士官候補生のありふれた支給品［……］ではなく、英国将校の完全装備の制服姿で現れた。サム・ブラウン・ベルトに、翼記章がついた上着、それに外地用軍帽まで。短いステッキを持ち、そのうえ片足を引きずっていた——訓練中の墜落によって起こった怪我のせいだ、と彼は報告した。[11]

フォークナー研究者デイヴィッド・ミンターによる描写は、一九六三年出版のフォークナーの弟ジョンによる回想録『私の兄ビル』に基づいており、四五年ほど前の記憶を介在させているという点において信頼性には問題がある。しかしながら、それを裏付けるとされる写真が現存しており、それらはフォークナーの「負傷兵ペルソナ」を再現前させる証明写真とされている。

一九一八年一二月の復員後にオクスフォードの屋外にて撮影された一連のスナップ写真には、士官の軍服一式に、身に着ける小物（帽子、煙草、手袋、杖）を変えて、ポーズを次々に決める姿が写っている。[12]フォークナーの役割演技に注目する批評家たちは、[13]この写真を証左として、彼の「傷痍勇士」の演技について詳述する。ジュディス・センシバーは、彼が一九一八年から一九二五年にかけて行っていた「詐欺」[14]の動かぬ証拠を、「恥知らずにも」[15]、後世まで遺してしまったと断ずる。ロッター・ホニッヒハウゼンは、「杖」の構図上の効果で、写真の彼が「障害はあれども勝利を得た」[16]大人の負傷飛行兵を気取っているとする。

この若きフォークナーによる「傷痍勇士」のポーズは、様々な解釈を招いてきた。ミンターは、まだ名声と無縁であった若者の承認願望を満たしたのではないかと言う。[17]ジョーゼフ・ブロットナーも、背も低くハンサムでもなく失恋した彼が「注目」「喝采」「愛」を必要としており、彼の創作活動全般は、この深層心理の「表出」ではないかと示唆する。[18]近年、キース・ガンダルは、著書『銃と筆』（二〇〇八年）において、フォークナーの作品にみられる「傷心、先細り、喪失の感覚」が、戦争への「幻滅や伝統的価値からの疎外」ではなく、一九一七年から一九一八年の動員時の「米軍からの個の拒絶」による去勢の感覚から生じたとする論を展開した。[19]ジョン・ロウは、実生活と著作における「傷痍勇士」の創出は、母親の愛情を求める根源的欲求から生じる兄弟間の競争意識によるものとする。[20]彼の指摘によれば、仏アルゴンヌに出征していた弟ジャックからの連絡が途絶えて安否が案じられていた一二月に、こともあろうにフォークナーは家族の前で「傷痍勇士」の振りをしたのである。(21)このようなフォークナーの詐欺行為を前にして、我々は彼の神経をどう捉えたら良いのだろうか。ブロットナーは、以下のように問わずにはいられない。

いったいどうして彼はこんなに入念に見え透いたまね事をしたのだろう？　いったいなぜ、得ていない翼を、与えられていない肩章の星を、達していない階級の制服を身に付けるなんてことができたのだろうか。そして、どうして彼は、ジャックが行方不明で負傷したという不安とショックからまだ回復できていない彼の家族に、自分もまた戦争において悲惨な怪我を負ったのだと思わせるなんてことができたのだろうか。(22)

これほどまでに不謹慎なフォークナーの行動に、批評は一様に、「傷痍勇士」の演技の源泉には、間に合わなかった戦争体験に対するトラウマが在るのだと仮定した。そして、得られなかった英雄的な体験を求めて彼は、遂語遂行的《パフォーマティヴ》に「傷痍勇士」を創作したと結論づけたのである。実際、パール・ジェイムズは、フォークナーにとって戦争体験とは「失われた経験」であったとし、その欠落を充填するために実生活と著作の両局面において戦争神話を創出したとする。(23)かくして『兵士の報酬』は、当時の出版ニーズに合わせながらも、作家の「深層にある個人的な動機」から生まれたとされた――『兵士の報酬』において、我々は、フォークナーが出版社の興味をひくのは何かということや受理の報酬について目を光らせていた一方で、いかに深層にある個人的な動機から執筆したのかということを見出せるかもしれない」[24]。

このように、フォークナーにとっての戦争体験は、後年の批評家たちによってトラウマやコンプレックスにまみれた人生の汚点として提示された。「傷痍勇士」の演技には根深いトラウマがひそんでいるのだとされ、幻滅と断絶を経験した「失われた世代の作家」としてのフォークナーが誕生したのである。その代わり、『兵士の報酬』は、フォークナーの心的外傷のあらわれとして、低い評価に甘んじることとなった。今日における『兵士の報酬』の不安定な地位は、フォークナーの下手な芝居に一因があるといえよう。

しかしながら、実は、一九一八年から一九一九年に撮影された軍服の写真においてフォークナーは「傷痍勇士」のポーズなどしていない。次節では、批評家が作り上げた「若きフォークナー」とは異なる作家の素顔に光を当てるために、彼が実家に送った手紙に照準をあわせよう。

素顔の作家

カナダでの訓練中にフォークナーが故郷に出した手紙と電報は、あわせて六三通現存する。編纂者ジェイムズ・G・ワトソンによれば、一九一八年七月八日から訓練学校での最初の二週間が終わる時までに、手紙九通と電報一通を送っている[25]。フォークナー自身は、八月一〇日の手紙に、一週間前までは毎日欠かさず書き送ったと記している。[26] これらの手紙は、安否確認や近況報告が第一義であったであろうが、イラストを交えながら日々の出来事を面白可笑しく伝えることから、彼の家族、とりわけ母モード――「最愛のママ」(Darling Momsey)――に向けた娯楽でもあったことを窺わせる。話題の多くを占めるのは、軍服や装身具に関する記述である。[27] 意外にも「ファッショニスタ」[28] であった彼が、軍服の記章、肩章、飾緒といった装備一式に夢中にならないわけがない。そして、それは故郷で待つ家族も同様だったのだ。[29]

七月一三日、フォークナーは英国空軍から初めて支給された軍服一式を嬉々として報告する。士官候補生用の夏の制服を着た現在の自分と士官の制服を着た未来の自分を母親に想像してもらうために、彼は、手描きイラストを添えた。[30] そして、この手紙のなかで彼が母親に約束するのは、軍服姿の自分の写真を撮影して送るということである。どうやらモードからの手紙で何度もせかされていたようなのである。写真館に行けたのは八月一〇日土曜日の夕方のことで、翌日、次のように書き送った――「どうってことはないからね、だってこれは僕の「ルーキー」の制服だから[……]。八週間のおつとめが終わる[……]までは、ちゃんとした本物のやつはもらえないんだ」。[31] このポートレイト写真には、背景幕を背に、士官候補生の制服に白バンド付き略帽をかぶり、杖をつき、虚ろな表情を浮かべる二十歳のフォークナーが写っている。オクスフォードで撮影された軍服写真は、この候補生の制服を将校の制服で更新するものだったのだ。

批評家たちは、戦争への幻滅という「失われた世代」の戦争神話に惑わされ、証拠写真の解釈を誤った。一九一八年から一九一九年の故郷オクスフォードにて、たしかにフォークナーは正式に許可されるよりも一年も早く将校の軍服を着こんで同郷の兵卒から敬礼を受け[32]、英国軍のステッキをこれ見よがしに持ち、母とお揃いのパイロットの練章を誇らしげに胸に着け、訓練中に飛行機で横転して足を引きずるほどの怪我をしたというほら話をしたかもしれない。しかし、カメラのレンズに向けて「傷痍勇士」のポーズはとっていない。批評家たちが負傷した足を支える「杖」と思ったものは、英国人兵士が伝統的に用いたステッキ――「我々の手をポケットから出すための杖[33]」――なのである。オクスフォードの写真は、母モードがスナップ写真に基づいた絵を同時期に仕上げていることから、画家である彼女の求めに応じて撮影されたと思われる。つまり、フォークナーは、母を喜ばせようと、軍服を着ての記念撮影をしただけである。批評家が「神話的な傷痍勇士のアイデンティティ[34]」を裏付ける証拠とした写真は、母親孝行な息子による精一杯の背伸びではあるかもしれないが、彼の深刻なトラウマを映しだすものではない。

フォークナーにとって、第一次世界大戦とはどのようなものだったろうか。彼は、若者の飾らぬ心情を母への手紙に吐露している。フィル・ストーンとニュー・ヘイヴンに滞在していた彼は、一九一八年五月二七日消印の手紙で、軍隊に志願するために七月一日頃に帰郷するかもしれないと伝える。志願の理由は、徴兵制度である――「[徴兵]年齢に達したら僕を召集する法案が通ったのだし、それなら先手を打ってむしろ進んで志願した方がいい[35]」。一九一七年八月制定の選抜徴兵法により、若者は、二一歳の徴兵年齢に達する前に我先にと志願していた。士官として出征して生存の確率を上げる為である。ジエニファー・D・キーンは、一九一八年頃の若者が罹患したという出征熱を次のように分析する。

「民主主義《デモクラシー》のための戦争」に勝つことを志して志願した兵士はほとんどいなかった。［……］徴兵の見込みに際して、ある者は、戦争時の軍隊における自身の運命をコントロールするために志願した［……］。「今だったら自分の希望次第でどんな軍種でも選べるけど、あとになれば彼らが君を選ぶ。」［……］彼らは、兵卒としてよりも士官として兵役に入ることを好むくらいには軍隊生活について知っていた。専門部隊は、歩兵部隊の厳しい生活を避けたいその他の者を引きつけた。(36)

若者たちの志願の動向には、戦争参加への英雄的な情熱よりも、冷静な計算が働いていたのである。手紙から読みとれるのは、フォークナーもそんな若者の一人だったということである。(37)

一九一八年六月七日消印の手紙には、合衆国軍ではなく英国軍に入隊する展望について両親に報告し、それがどれだけ待ち望んでいた機会であるかを興奮した様子で書き送っている。

素晴らしい機会なんだよ、だってアメリカ合衆国陸軍には今はもう何もないから。せいぜい一兵卒としてドイツ野郎の銃弾を止めるのが関の山だ［……］。英国は今、将校を得ようとしている［……］これが今までずっと待っていた機会なんだ。何もかも自分の思いどおりに進んでる。ほぼ何でも自分で選べるし、これで戦争《ショー》の終結に参加できる。(38)

「戦争《ショー》の終結」に立ち会えると喜ぶフォークナーは、戦争で死ぬ気はさらさらなかったようである。「どれだけ行きたかったか知っていると思う」とは書くものの、彼が挙げる理由は、「兵役《ビジネス》」に行けば将来的に役立つ資格が得られる――「戦争が終わってしまえば、この兵役《ビジネス》で自分はうまく整えられているだろうから」[39]――という戦後の展望を見越してのものである。彼には、戦争体験を将来への足掛かりにする野心こそあれ、勇敢な死や名誉の負傷に憧れたりするような戦争への英雄的な情熱などありはしなかった。実際、終結がやってきた時、彼にとっては戦争よりも何よりも実家が一番であった――「戦争、稲妻や結婚やその他の避けがたきものよりも、家庭は偉大なり」[40]。軍養成校での数か月の訓練を経たフォークナーは、彼自身の言葉――「だから最良の学校で戦争について学ぶことができる。そこではリスクの排除が最優先で教えられるんだ」[41]――が先取するように、戦争を無難にやり過ごして後に戦争を書くための最良の教育を受けたのである。

一九二六年、『兵士の報酬』においてフォークナーはどのように〈失われた世代〉を描いているだろうか。本作品における若者世代に注目してみれば、フォークナーが、自身のトラウマを反映するとされる、失われた世代の幻滅や断絶など描いていないことが見えてくる。傷痍勇士の傷の表象の寓意にも、新たな解釈を加えることとなるだろう。次節においては、『兵士の報酬』の主要テーマについて考察していく。

『兵士の報酬』

『兵士の報酬』は、傷痍勇士ドナルド・マーンをめぐる群像劇である。だが、マーンの負傷した身体は、その描かれない額の傷に代表されるように、テクストの中心にある空虚な存在である。[42] ジョン・T・マシューズは、彼の傷跡が、失われた世代を特徴づける「集団暴力のトラウマ的影響、幻滅、否認」を象徴していると読む。[43] このように批評家たちは一様に、失われた世代の一員である駆け出し作家フォークナーが、『兵士の報酬』において、第一次世界大戦のトラウマ的影響――世代間の断絶や若者たちの絶望――を描いたのだと性急に結論づけてきた。しかしながら、作品には、これまで批評家が指摘してこなかった、この失われた世代言説を攪乱する要素が含まれている。本節では、作品の主要テーマを考察することによって、本作においてマーンの傷跡が表象するものとは何なのかを明らかにしたい。

作品冒頭の挿話は、失われた世代の神話を提示すると同時に攪乱する。列車内での帰還兵の空騒ぎ――笑劇《ファース》――は、かれらの幻滅と否認のテーマを奏で始めると同時に、そこに不協和音をそえる登場人物の導入ともなっているのである。帰還兵ヤプハンクことジョー・ギリガンは、〈失われた世代〉の代弁者だ。彼は、国を救うために出征した兵士の「報酬」が、列車からの排斥であること、敷衍してアメリカ社会からの疎外であることを大げさに嘆いてみせる（11）。そして、戦後、「外国」のように変貌してしまった祖国アメリカでは兵士は一致団結する必要があると訴える（9）。このように、〈失われた世代〉の断絶と否認のテーマが、展開されていくかのように思える。ところが、この同じ列車に乗り合わせているのが、士官候補生ジュリアン・ロウである。彼の存在は、〈失われた世代〉という言説における戦争体験による幻滅について異音を添える。

一見すると、ギリガンとロウは、戦争によって「人生の目的を失ってしまった」という〈失われた世代〉に特有の「戦友意識」をもっている――「彼ら二人は暗黙裡に戦友意識を感じあって坐っていた――すなわち、手に負えぬあばずれ女のような境遇の変化にもてあそばれ、生きることへの意味を見失ってしまった仲間同士、と互いに感じあっていたのだ」。そして、この二人の集団アイデンティティの基盤となっているのは、戦争への幻滅である。だが、その内実は異なっている。「ギリガン、このおしゃべりで気軽な男は、自分勝手な夢想におちいり、候補生ロウ、激しく失望した青年の彼は、港から出る前に自分の船体が沈んだのを目撃したイアーソーンたち、あのギリシャ神話の人物以来おなじみである希望挫折の悲哀感を改めて味わっていた」(26)。前者は自らの戦争体験を顧みて幻滅するが、後者は、ギリシア神話の勇士イアーソーンに喩えられるように、沈みゆく英雄的な戦争神話に対して失望するのである。

世の中を「不満たっぷりの黄ばんだ眼つき」(7)で見るようになったと冒頭センテンスで紹介されるロウは、たしかにギリガンとともに〈失われた世代〉を代表する人物のように思える。だが、一九歳のロウと三二歳のギリガンは同世代ではない。ロウは、旧世代への「憤懣《ふんまん》と悲哀にくすぶりながら」過ごしているが、その理由は、彼の略帽についている候補生を示す「その口惜しい白い帯リボン」(7)のせいである。また、マーンの軍服の胸ポケットの上につけられた英国空軍のパイロットの繍章は、彼にとって「欲望の象徴化した姿」(38)である。しかし、彼のこうした「欲望」の根源にあるのは、戦争体験自体を欲するものではなく、戦争から得られたはずの資格を欲するものなのである(42)。戦争の置き土産として彼に残されたのは、〈失われた世代〉の幻滅とは共鳴しない「激烈な失望感」(38)と「鈍い絶望感」(42)なのである。

戦争を体験したギリガンやマーンの世代とは異なり、ロウは、戦争を知らないマーンの婚約者セシリー・サンダースにより近い存在だ。セシリーのマーンへの手紙を読んだギリガンは、手紙を「騎士道華やかなりし頃の戦場ロマンス」に彩られた戯言だと評し、やがて情熱も醒めてしまうことを予想する――「それでいてあんな感傷たっぷりの連中にかぎって、興奮がおわるとじきにさめちまうんだ、そして軍服や、負傷への憧れなんか消えちまって、かえってうるさいものになるんだ」（34）。この発言は、セシリーを言い当てているが、マーンとの同一化を熱烈に願うロウにも当てはまる――「自分があの男であったらなあ！と呻《うめ》いた。ただ代わりにさえなれたら。自分が彼になれるのなら、この健康な肉体を彼にやってもいい。さあ、彼にこの体をやる――せめて胸に翼記章がつけられさえすれば、だ。あの翼記章、そしてあんな傷さえ持てれば、明日にだって死んだってかまわないな」（38）。その証拠に、本編において、ロウは戦争寡婦マーガレット・パワーズへの手紙を通してのみ登場するが、その恋心が醒めていくのと同時進行で、彼女への手紙はやがて一ペニー葉書になり、ついには届かなくなる。ロウの戦争への情熱――「軍服や、負傷への憧れ」――も同様で、早々に消え失せてしまうものなのだ。彼にはそもそも幻滅するような体験は無いのだから、それも仕方がないといえよう。『兵士の報酬』は、ギリガンが代表するように、戦争体験からもたらされた〈失われた世代〉の幻滅を描きつつも、士官候補生ロウが体現するように、戦争を知らない若者の市民生活への没入についても語っているのである。

この〈失われた世代〉のテーマは、第五章のダンスパーティーにおいても、繰り返されると同時にアレンジが加えられる。パーティーでは、テクスト全体に通底する「失われた世代」の社会からの疎外に光が当てられる一方で、戦争を体験していない「若い連中」の生と復活のファンファーレが鳴らされる。「この晩は『若い連中』のための一日、男性にしろ女性にしろ若い連中のための一日だった」(163)。ダンスパーティーの主役は、退役軍人を尻目に、踊り明かす一〇代の若者たちである。休戦後の春、二年の日照りを経て、徴兵年齢に満たなかった若者たちは水を得た魚のように生気を取り戻している。対照的なのが、出征していた〈失われた世代〉だ——「アメリカの田舎ならどこにも見うけるお定まりの田舎の兄ちゃん連中、それがまさにその対極的存在である大都会的な雰囲気のなかで**戸惑い、気圧されている**(lost)」(164強調引用者)。彼らは、マーガレットによれば「亡霊」(lost souls)(163)であり、語り手によれば「さまよう哀れな亡霊たちだ」(Puzzled and lost, poor devils)(165)。彼らは、集団アイデンティティを空気のように纏う——「彼らはみんな同じような種類の人間で、いわばいずれも同じにおいを発散させている種族ともいえた——そしてわざと反発的に引っこんで立っているという空気をただよわせている。壁の花の群れだ」(159)。「壁の花」となっている彼らの疎外には、〈失われた世代〉の集合的トラウマが象徴的に表されているが、ここで強調されているのは新しい時代の到来である。戦争への「酔い」から醒めた社会は、戦後、新しい酒精《スピリッツ》を見つけていた——「ついこの間までの社会は戦争という酒に酔い、戦争への甘い讃美のなかで彼らを男に仕立て上げた、それがいまや「社会」はどうやら別の飲料を見つけてしまったらしいのだ」(165)。肩や腰を震わせながら流行のシミー・ダンスに興じる若者たちは、ジャズ・エイジという戦争に代わる新しい時代精神《スピリッツ》に熱狂しているのである。

　このような文脈において、傷痍勇士マーンの傷跡は、「失われた世代」の幻滅や断絶といった精神的トラウマを象徴するものではない。フランダース上空で敵機に撃ち落とされた彼は、額を横切るひどい傷を負い、片手を失っている。彼の負傷した身体は、「見世物であり空白」[44]である。とりわけ作品において強調されるマーンの顔の傷は、ただそれを目にする者の反応が描写されるのみで、具体的に描写されることはない。町の人々にとってマーンの負傷した身体は、おぞましい戦禍を想像させる記憶の場であり光景（site/sight）なのだ。文字通り戦争の爪痕が残された肉体は、「戦争を思い起こさせる視覚的合図」[45]であり、近代兵器の持つ殺傷能力の物的証拠でもある。マーンの顔の傷跡は、帰還負傷兵の身体がアメリカ社会においてそうであったように、「遠く離れたヨーロッパの戦争の残滓、痕跡」[46]なのである。

マーンの負傷した身体は、ヨーロッパの戦禍を換喩的に体現する。作品の結末近くにおいて、彼は、自身が抑圧していた戦闘によるトラウマ的記憶を取り戻す。彼が再演する「この日」（243）の中では、戦禍は身体的損傷に喩えられる――「前方から右手遠くにかけて、かつてはイーペルの町だったものが、古びた腫物のひび割れたかさぶたのように見えている、そして下方には**死に果てえない肉体**にできた新しい腫物の跡」（244 強調引用者）。この時、父親に届かないまでも、このトラウマ的記憶を「あれは、こんなふうに起ったんです」（245）と証言する彼が、トラウマから治癒するのではなく息をひきとるのは、彼自身が戦争のトラウマ的記憶を体現する象徴的存在だからに他ならない。マーンの身体は、爆撃によって壊滅した町イーペルを換喩的に表象する、いわばトラウマ的記憶の残滓なのである。

すなわち、『兵士の報酬』におけるマーンの傷跡は、戦後アメリカに遅れて訪れた戦争のトラウマ的影響を体現する。共同体の集合的意識にとって、〈近代的な死〉を表象／再現前する負傷兵の帰還は、大戦記憶の亡霊的な回帰であった。アメリカ市民を代表する町の住民にとってそれは、直接体験していない出来事の侵入的想起であり、他者のトラウマの来襲であったのだ。本作においてマーンの傷跡が表象するものとは、体験されなかったトラウマの痕跡でしかない。作品を特徴づけるのは、世代の断絶というよりはむしろ世代の交代であり、そこから見出されるものとは、死や絶望などではなく生と復活なのである。

結末において、マーンの父親の牧師と、その疑似息子とでもいうべきギリガンは、黒人教会から漏れ聞こえてくる歌声に耳を傾けている。歌声が「死に果てた」あと、月明りに照らされているのは、「避けがたき明日と汗、性と死と堕地獄に満ちた土地」(266) なのである。必ずだれにでも訪れる「明日と汗」は、世代の断絶ではなく世代の交代を約束している。

このように、『兵士の報酬』においては、戦争体験によって幻滅した若者世代という「失われた世代」の戦争神話を補強するテーマの陰から、「若い連中」のダンス音楽が聴こえてくる。草花が芽吹く春を祝う五月祭り *Mayday* という本来の題名が示すように、『兵士の報酬』は、戦後の若者世代の生と復活を描いているのである。フォークナーは、『兵士の報酬』において傷痍勇士ドナルド・マーンを「不在の中心」に据えながら、自分の真の姿とも重なる、戦争を体験していない若者世代の戦争からの再出発を描いているのである。この意味において、『兵士の報酬』は、戦争文学ではない。

ノーベル賞作家

二八年後、ノーベル文学賞という当代随一の栄誉を手にしていたフォークナーは、文壇の頂上にいた。その彼の最新作である『寓話』は、八月二日の発売前から、話題作として雑誌にて特集を組まれるほどの注目ぶりであった。出版にあわせて記事をリリースすることで、書籍出版社ランダムハウスをバックアップしつつ、雑誌社はフォークナーの新作出版という話題性によって読者を獲得しようとしたのだ。出版業界のフォークナーの扱いは、デビュー当時とノーベル賞受賞以降とでは、天と地ほどのへだたりがあったのである。そして、この出版業界がフォークナーの「ノーベル賞作家」というイメージ構築に重要な役割を果たした。

なかでも早くからフォークナーの社会的プレステージに目をつけていたのは、意外なことに、女性ファッション誌『ヴォーグ』である。その誌上では、普遍的な人間についての語り部、現代アメリカ文学を代表する巨匠というフォークナー像がつくりあげられていった。

ノーベル賞受賞発表の三か月後、一九五一年三月一日号にて『ヴォーグ』誌は、フォークナーの受賞スピーチを載せた。その見出しは、フォークナーのスピーチから、読者の琴線に触れるであろう一つのメッセージを抜き出している――「人間が、ただ単に生き永らえるのではないと信じます。人間は打ち勝つのです」。また、フォークナーの写真につけられたキャプションは、プレゼンターを務めたスウェーデンのグスタフ・ヘルストリョーム「博士」(作家兼ジャーナリスト)の言葉を引用する――「彼の正義感と人間性が[……]地方主義を普遍的にするのです」。さらにそこには、フォークナーが、登場人物の「諸感情」とデルタの「匂いと熱気」を読者のために「普遍的」にしているのだという、編集者自身による説明が加えられている。[47]『ヴォーグ』誌は、フォークナーを、南部の地方作家ではなく、現代人のおかれた状況をうたうモダンな吟遊詩人として提示するのである。

その一方、『ヴォーグ』誌は、この現代の哲学者であり文豪であるフォークナーを、作家自身が数々のインタビューで述べたように、当たり前にそこらにいる親しみやすい人物——物書く農夫——として見るように誘う。見開きの反対側のページ全体を占める写真は、文脈に相応しいはずの、黒いタキシードに白い蝶ネクタイの正装をしたストックホルムの荘厳なフォークナーではない。あの今では絵葉書にもなるほど有名な、一九四七年のアンリ・カルティエ＝ブレッソン撮影のフォークナーと犬の写真、普段着の半袖シャツに足元に二匹のテリアがいるミシシッピ州オクスフォードの素朴なフォークナーである。この印象的なポートレイト写真は、アメリカ最良の精神と知性を体現するフォークナーは著名だけれども決して雲の上の人物ではないのだと読者に訴えかける。こうして、雑誌の教育的配慮により、フォークナーは、読者が目指すべき模範的教養人として提示されたのである。[48]

さらに『ヴォーグ』誌は、ノーベル賞作家フォークナーの姿を読者に馴染み深いものにするにあきたらず、その作品までそうしたのである。小説『寓話』の出版予定日の八月二日にあわせて、一九五四年七月号に、最新作からの抜粋「馬泥棒についての覚え書」を掲載した。この一三ページにわたる抜粋は、一九四七年に文芸誌『パルチザン・レビュー』より掲載却下された短編小説の修正版である。理由は、「当雑誌には長すぎる」というものだった。[49] 一九五四年、『ヴォーグ』誌は、逆にこの長さを売りにした。「特集記事——ウィリアム・フォークナーの新作から一万八千語」というのが雑誌の表紙につけられた宣伝文句である。本編につけられた編集者の附記では、この経済的な受益が無いのに競走馬を走らせる物語に関して、ハーバード大学教授カーベル・コリンズによる解説が引用される——「最も感動的なパッセージの一つは、フォークナーが……人間の愚かさにもかかわらず、人間は『生き永らえて打ち勝つ』であろうという信念を再確認している箇所です」。[50] ここで示唆されているのは、雑誌『ヴォーグ』も、このフォークナーの人間主義の信念を信奉しており、彼の作品を公共の利益のために掲載しているということなのだろう。しかしながら、雑誌の商業的関心は、特集記事の最後のページにあらわれている。物語の結末は、最後の混みあったページのうちの六分の一以下のスペースしか占めていない。真下のスペースには、『ヴォーグ』誌による「パリ賞」――卒業見込みの大学四年生を対象とした文章コンテスト――の案内があり、さらにその横には、紳士用「カントリー・ブーツ」の宣伝がある。フォークナーの新作の一部を先んじて読むことができるという特典により、『ヴォーグ』誌は、文学好きな大学生の女性と大人の男性を新たに購読者に引き入れようとしているのだ。雑誌にとってフォークナーの作品は、従来からの読者が読むべきものとされただけでなく、新規の読者を獲得するための付加価値となったのである。『ヴォーグ』誌は、フォークナーの文学的名声を確立することに寄与し、そしてフォークナーの社会的プレステージの恩恵を享受しようとしていたのである。[51]

さらに、『寓話』の出版予定日八月二日にあわせて、『ニューズウィーク』誌と『ライフ』誌がそれぞれ記事をリリースした。物憂げな表情を浮かべたフォークナーの顔写真（サビーヌ・ヴァイス撮影）を表紙にした八月二日号の『ニューズウィーク』誌の特集記事「ウィリアム・フォークナー――一〇年後、『寓話』」は、フォークナーを「現代文学」の巨匠として紹介した。記事は、『寓話』の執筆の経緯や内容紹介に加えて、伝記的情報、作家経歴、文学スタイルの特徴、文学的位置づけと評価、ヨクナパトーファの作品群と『ポータブル・フォークナー』を紹介するコラムなどから構成され、いわばフォークナー文学への入門指南書となっている。そして記事は、第一次世界大戦を題材にした最新作を出すフォークナーが、若かりし頃に「ロイヤル・カナディアン飛行隊」に所属したものの「任務につくよりも先に戦争が終結した」ことを読者に伝える。[52] 第一次世界大戦中の出来事を描く戦争小説ではなく、「普遍的特質」を描いたもの、現代世界についての寓話であることが強調されたのである。

一方、八月九日号の『ライフ』誌も、『寓話』を技巧を凝らしたモダニスト小説として提示する。「フォークナーの壁のプロット」と題した特集記事では、フォークナーの自邸の仕事部屋が紹介されている。[53] 最初のページの上部三分の二を占める写真に写っているのは、『寓話』の曜日ごとのプロットが書かれた壁（現在は博物館になっているローワン・オーク邸にてその目で確かめることができる）、二つの椅子、それから束に分けて床に積まれた原稿の山々。そして、ページの下部三分の一には、左側に記事、右側に写真がおかれている。ごく短い記事は、フォークナーが執筆中の新作が、壁にプロットを書くという点において作家の従来のやり方から、そして南部を舞台としていないという点において作家の従来の作品からも、「外れる」ものだと説明する。さらには、二〇〇〇頁にまで達していた原稿を最終的に七〇〇頁まで短縮し、この修正にあたっては、直す草稿の反対側に全て新しく書き下ろしてゆくという方法をとったのだという、作家本人しか知り得ないであろう内部情報まで伝えている。[54] この記事の右側には、曜日プロットのクローズアップ写真七枚をつないだものが「火曜日」までレイアウトされている。次頁の左側には、紳士用スティック香料の宣伝（腰回りにタオルをまいた裸の男性が、腕を肩のラインまであげて満面の笑みで振り返ってこちらを見ている）、右側に残りの「水曜日」から「日曜日」までが続く。その下につけられたキャプションでは、曜日ごとのプロットがなぜ必要だったのかが説明される――「お得意のフラッシュバックとフラッシュバック中フラッシュバックを用いて、フォークナーが時系列をごちゃ混ぜにするからだ」。そして「フォークナーの通常のスタイル」とは異なり、壁のプロットは「単純な文章」で書かれているとも指摘する。[55] このように『ライフ』誌の記事は、『寓話』が、これまでの作品以上に入念な構成、複雑な時系列、冗長な文章をもつ、モダニスト的実験小説なのだと説いた。

以上のように、概して『寓話』は、戦争小説としてではなく、むしろ普遍的な不朽の名作として提示された。聖書の物語でもあり現代についての小説でもあるという、ランダムハウスの読み方の手引きを踏襲するものといえよう。雑誌社は出版社ランダムハウスの販売を促進するために貢献していたのであるから、それも当然のことだったのかもしれない。デビュー小説『兵士の報酬』においては、第一次世界大戦によって幻滅した「失われた世代」を描いたとされたフォークナーであったが、西部戦線におけるイエス・キリストの再臨を描いたとされる後期の大作『寓話』においては、内容云々よりもノーベル賞受賞者である作家の手による作品という点がクローズアップされ、晩餐会スピーチにおける有名なフレーズとして記憶されている「人間は打ち勝つ」によって特徴づけられる作品とされたのである。しかしながら、『寓話』にこそ、まさに第一次世界大戦によって人生に幻滅する〈失われた世代〉の若者たちが描かれていることを看過すべきではない。

デビュー小説の『兵士の報酬』から二八年、フォークナーは『寓話』にてどのように〈失われた世代〉を描いているだろうか。とくに本作品における若者世代に注目してみれば、フォークナーが、ノーベル賞の晩餐会スピーチで表明した信念を反映するとされる、人間性への根源的な信頼や人間の救済など描いていないことが見えてくる。傷痍勇士の傷の表象の寓意にも、新たな解釈を加えることとなるだろう。次節においては、『寓話』の主要テーマについて考察していく。

『寓話』

『寓話』は、ステファン伍長と一二人の兵士による静かな反乱をめぐる群像劇である。銃殺刑に処される伍長は、その描かれない遺体――そして何度も死して埋葬され復活するかのように再帰する身体――に代表されるように、テクストのいたるところに遍在するかのようでありながらも捉えがたい、空虚な登場人物である。『兵士の報酬』におけるマーン同様、テクストにおける不在の中心といってよい。だが、『寓話』における傷痍勇士は、伍長ではなく、フォークナーが「生ける傷跡」と呼んだ伝令兵である。彼のことをバーバラ・ラッドは「身体の耐久」や「不滅性」[56]を体現するとし、ジェイ・ワトソンは「生命、意味、人間存在における必然的な相互依存を提示する生ける絆」[57]だとする。このように批評家たちは一様に、ノーベル賞作家フォークナーが、『寓話』において、晩餐会スピーチにおいて述べた「人間がただ単に生き永らえるだけではないと信じます。人間は打ち勝つでしょう」[58]という信念に基づいて本作品を描いたのだと結論づけてきた。しかしながら、『寓話』には、〈失われた世代〉に顕著な言説である世代の断絶や若者たちの幻滅を提示する挿話が繰り返し登場する。ジョン・T・マシューズが『兵士の報酬』について述べた、〈失われた世代〉を特徴づける「集団暴力のトラウマ的影響、幻滅、否認」は、むしろ『寓話』の伝令兵の姿にこそあらわれている。本節では、『寓話』の主要テーマを考察することによって、本作において伝令兵の傷跡が表象するものとは何なのかを明らかにしていきたい。

作品の中間近くにおかれた「馬泥棒についての覚え書」は、『寓話』に繰り返しあらわれる世代の断絶と若者の幻滅というテーマの序奏となっている。老齢の黒人牧師トービー・サターフィールドを通して伝令兵に語られた内容を『寓話』と同じく冗長な三人称の語り手が語る一九一二年のアメリカ南部での物語は、単なる「ほら話《トール・テイル》」とされてきた脱線的な挿話である。しかしながら、この物語は、その後の挿話や結末においてあらわれる世代の断絶について先取りして提示している。実際、語り手は次のように述べる。「もとより定められた破滅的運命によって」、この物語は、「ただ、呪われて家なくさまようものたちのそれぞれの運命によって用いられ、受け継がれるべきものであった」(129)と。物語において、英国人馬丁ハリー(歩哨)、牧師の孫、黒人牧師の三人が盗み出す三本脚の競走馬は、最終的に、ハリーによって厩にて真正面から銃殺される[59]。しかし、その馬の死骸は、知らぬ間に消失してしまう(138)。このように、馬の身体と伍長のそれとがパラレルであることは明らかだ。また、三本脚の競走馬(runner)と、後に松葉杖をつくことになる伝令兵(Runner)との重なりも明らかだろう。脚を負傷しながらも向かうところ敵なしの走りを見せるこの馬は、傷痍勇士のアレゴリーなのだ。そして、かれらが馬を盗んだ理由は、競走馬が、種馬ではなく競走馬のままでいられるようにする——ケンタッキーの農園にて「今後永久に、子馬をつくらせる」ことを強いられることなく、「ただ馬を走らせ、走り続けられるようにする」(137)——ためである。さすれば、この競走馬の断種についての物語は、「呪われて家なくさまようものたち」の世代の断絶についての物語なのである。

この「馬泥棒」の挿話を挟んで語られるのは、若き英国空軍の兵士ジェラルド・デイヴィド・レヴィンの挿話である。本作において、軍隊の階級だけではなく固有名を与えられた数少ない登場人物であるレヴィンは、『兵士の報酬』のロウを彷彿させ、彼同様、作品の途中で姿を消す存在である。だが、ロウが平時の日常へと難なく戻っていくのに対して、レヴィンは、戦争が終わってしまうと思い違いをして銃で自殺するのである。死して英雄になるどころか茶番の空砲飛行戦を必死にさせられる彼の存在は、〈失われた世代〉の幻滅と否認を最も象徴的に体現するだろう。そして、その幻滅と否認は、彼の場合、母の拒絶としてあらわれている。レヴィンは、「子宮」[60]であるところの便所にこもって自殺する。しかしながら、この似非の子宮への回帰は、生命や復活を意味しない[61]。便所で発せられた弾丸は、レヴィンの命を奪うものであり、一人息子であるレヴィンの家系を絶やすものなのである。彼の自殺は、世代の断絶というテーマを補強するものに他ならない。

また、この世代の断絶というテーマを最も直接的に提示するのは、実の父と息子の関係にある老元帥と伍長の対決の挿話である。山の上での悪魔によるキリストの三つの誘惑と重なる、この老元帥による伍長説得の失敗は、父とその遺産に対する息子による拒絶でもある。「わたしはお前を息子として正式に承認しよう」(294) と誘惑する老元帥は、次のように述べる――「いつかわたしが父として、その巨大でおそるべき遺産を承けるに足る後継にゆずり渡すべき日まで、清算を延期していたところのものにほかならないのだ。そこにはわたしとお前との、一にして切りはなし得ぬ宿命、運命があるのだ」(293-94)。だが、伍長は、この「手を結び――同盟する」(295) ことを拒否する。さらに、老元帥は、〈失われた世代〉の若者たちについて次のように述べ、伍長に「生」を選ぶように諭す。「生を選べ。お前は若い。四年の戦の後でも、若者たちは自分たちの不死身であること、つまり他の者はみな死んでしまっても自分たちは死なないということを、やはり信じることができるのだ」(295-96)。しかし、伍長は死を選ぶ。「私の息子よ、おやすみ」という老元帥に対して、伍長は最後の別れを告げる――「さよなら、お父さん」(301)。軍法会議による伍長の銃殺刑の執行は、まさに子殺しなのである。一人息子の死は、老元帥の家系の断絶を示す。そして、この挿話を完結させるのは、若き神父の銃剣による自殺である。この元帥の上記の言葉を否定する行為は、〈失われた世代〉の幻滅と否認を示すものである。若き神父は、伍長の死によって「人間とその愚かさ」(299)は「勝ち栄える」(300)ことを知り、絶望するのである。

『寓話』にて中心的に扱われる一週間にわたる「五月の嘘の休戦」(340)の後日談を語る、最終章「明日」においても、描かれるのは明日への希望ではなく絶望であり、世代の交代ではなく断絶である。

最初におかれたランドリー軍曹と一二人の酔いどれ兵士による遺体探しの挿話は、伍長の遺体が無名戦士の墓に葬られることになる経緯を語るが、そのなかで実現される母と息子との似非の再会は、断絶と否認のテーマを裏書きする。「わしには倅はわかるんですよ」と断言して、一九一六年に戦死した息子テオデュールの遺体を探す母親は、「一種の狂的な熱意と希望」(341)によって、軍曹らが見つけた遺体を自身の息子だと特定するが、その遺体が実際にそうである可能性はきわめて乏しい。似非の「息子」の帰還は、母や家庭への帰還というよりも――農場を売ってお金を工面したために帰るべき家はもう無いという事実も示唆的である――、むしろ帰還の不可能性を示すものなのだ。この挿話の最後で、兵士らは、似非の「子宮の中」へと逃げ込むが、それは霊柩車のなかでの酩酊による疑似的な死への逃避である――「あたかも子宮の中へのように、明かりのついていない彼らの霊柩車の中へと、ついにとび込んだ。これで彼らは安全であった。彼らには死体があり、その夜の面倒をみてくれる酒があった。もちろん明日があり、パリがあるが、それは神が何とかしてくれるだろう」(359)。この似非の子宮への回帰においても、生や復活ではなく死と絶望が強調されている。

このように、『寓話』では若者の幻滅や絶望がモチーフとして繰り返されるが、世代の断絶が最も象徴的にあらわされているのは、老元帥と伍長の対決の挿話を補完する、最終章「明日」を締めくくる作品結末の挿話である。一九二四年に執り行われる老元帥の葬儀の日――「灰色の日」――は、「その人に対して、悲歌を奏しているかのようであった」(366)。このしめやかな哀歌は、けれども、伝令兵が引き起こす騒動によってかき乱される。葬列が、凱旋門の真下にある無名戦士の墓で止まったとき、「あるものがたちまち群衆の中から出現した――人間ではなく、松葉杖にすがった動き直立する一個の傷痕であり、その人間は、一本の腕、一本の脚で、帽子のない頭の片側全部は、毛髪も眼も耳もない焼けであった」(368)。伝令兵は、伍長の勲章を棺の載せられた弾薬車めがけて投げつけ、「あなたもまた、もはや人間の生存しない黄昏の中に、人間の炬火を運ぶことを助けた」(369)と叫ぶ。暴徒と化した群衆から警官によって救い出された伝令兵は、群衆のなかから駆け寄った主計総監の腕に抱きかかえられ、「ぼくは死なぬ。絶対に」(370)と言う。この伝令兵の言葉は、フォークナーの「人間は打ち勝つでしょう」という言葉ととかく結びつけられがちで、そのためこの言葉をもって『寓話』が未来への希望や人類愛を表明するものだとする論は枚挙にいとまがない。だが、老元帥に投げつける言葉の重要性を軽んじてはならないだろう。人間は、生き永らえるどころか、「生存しない」のだ。彼の言葉は、この場面において人知れず実現されている老元帥と伍長との再会が、けっして生前の断絶を修復するものではないことを示している。そして、いまや無名戦士の墓に眠るキリストは、復活しないのである。

このような文脈において、『寓話』の傷痍勇士は、伍長ではなく伝令兵だ。戦争をやめないためになされた敵軍と友軍の砲撃による伝令兵の傷跡は、〈失われた世代〉の幻滅や断絶といった精神的トラウマを象徴するものであると同時に、ヨーロッパの戦禍を換喩的に体現するものでもある。『兵士の報酬』のマーンの傷痕が描写されないのとは対照的に、『寓話』の伝令兵のそれは詳細に記述される。「動き直立する一個の傷痕」である彼は、「一本の腕、一本の脚で、帽子のない頭の片側全部は、毛髪も眼も耳もない焼こげ」という姿である。マリアたちの農園を一人のゼットラニ人（「ユダ」）とともに訪ねる場面において姉妹が見るのは伝令兵の次のような状態である。「眼に見える彼の身体の半分は、彼の破れたフェルト帽からはじまって、鼻筋にしたがって顔を二分し、口と顎とをすぎてシャツの襟にいたるまで、一面に恐ろしいサフラン色のやけどの跡になっていた」(360)、「サフラン色のやけどの跡は、帽子の線のところでとどまっているのではなく、頭蓋骨をも二つにわけて、反面は恐ろしく焼けて硬化状態になっており、その側には眼も耳もなく、口の端も硬わばっていて、さっき物をいった顔、ほどなく食物をかんで飲みこむであろう顔と、同じものとは思われなかった」(361)。伝令兵の負傷した身体は、おぞましい戦禍を想像させる記憶の場であり光景（site/sight）であるだけでなく、ただ戦争を続けるということが目的と化した非情で冷酷な集団暴力の物的証拠でもある。伝令兵がその一身に負う傷には、『寓話』において生よりも死を選んだ、若者世代の幻滅と絶望が刻み込まれている。

それだけではなく、伝令兵の負傷した身体は、ヨーロッパの戦禍を換喩的に体現する。息子の亡骸を探す母親の挿話において、軍曹が車窓から見るミューズの丘陵「荒され惨殺された地域」を、『寓話』の三人称の語り手は、近代兵器による人間の身体の損壊になぞらえる――「大地の屍、そのある部分は、土がコルダイロ火薬と人間の血の苦悩とによって永久に腐って、すっぱくなって、人間に捨てられたばかりでなく、神自身からも永久に拒否されたかのように、二度と生き返ることはあるまいと思われた」(343)。この荒廃した土地は、顔の半分が焼けただれた伝令兵の身体と、また、命を落とした無数の兵士のそれとも換喩的な関係にある。文字どおり戦争の爪痕が残された伝令兵の肉体は、爆撃によって壊滅したミューズ地域を換喩的に表象するばかりか、帰還すべき家がわからない寄るべなき者たち、近代兵器の持つ殺傷能力の高さによってもたらされた〈近代的な死〉によって遺体が残らなかった無数の行方不明者たちの代表でもある。

すなわち、『寓話』における伝令兵の傷跡は、テクスト全体に通底する〈失われた世代〉の社会からの疎外を、戦争の欺瞞を体現する。〈近代的な死〉を表象／再現前する伝令兵の姿は、大戦の記憶そのものであり、そのトラウマの来襲である。本作において伝令兵の傷跡が表象するものとは、第一次世界大戦のトラウマ的影響、ヨーロッパ戦禍そのものの衝撃である。作品を特徴づけるのは、世代の交代というよりはむしろ世代の断絶であり、そこから見いだされるものとは、生や復活などではなく死と絶望なのである。

結末において、伝令兵は、その疑似父親とでもいうべき主計総監によって、助け起こされる。「血液と粉砕された歯とを吐きだして」、伝令兵は、「ぼくは死なぬ」(370)と言う。だが、『寓話』という小説を締めくくる言葉は、主計総監の発する「涙」なのである――「おまえが見るのは、涙だ」(370)。ピエタのごとく――キリストの亡骸を腕に抱く聖母マリアの像のように、伝令兵を腕に抱く主計総監と伝令兵の姿は、似非の聖母子像でしかない。[62] 最終章「明日」は、哀れみや慈悲をあらわすであろう涙のうちに、世代の交代ではなく世代の断絶を約束している。

このように、『寓話』においては、戦争体験によって幻滅した若者世代という、失われた世代言説をなぞるテーマが一貫して奏でられている。草花が芽吹く春を祝う五月に起こった兵士たちの「反乱」――自発的停戦――をめぐる物語である『寓話』は、『兵士の報酬』とは正反対に、若者世代の死と絶望を描いているのである。フォークナーは、『寓話』において伍長ステファンを「不在の中心」に据えながら、自らは経験していない、戦争を体験した若者世代の戦争による絶望と死について描いているのである。この意味において、『寓話』は、平和主義文学ではない。

初期と後期のスタイル

一九二〇年代の前半、フォークナーは「失われた世代の作家」という神話にあわせるかのように、「傷痍勇士」の演技を始めていた。一九二一年秋のニューヨークにて、大戦で足と腰と頭を負傷したらしい彼に、人々は、まだ乗り越えられていないトラウマを抱えていると察した。[63] 一九二五年ニューオーリンズにて、シャーウッド・アンダーソンとその仲間たちは、彼の飲酒癖は、足と頭の傷と同じく、大戦時にフランスで射撃されたことに帰するものだと信じた。[64] こうした「傷痍勇士」の演技は、一九二六年以降は鳴りをひそめていたという。(65) 彼の演技は、出版業界への足掛かりを作るための戦略だったのかもしれない。少なくとも、彼が演技をしたのは、故郷オクスフォードから離れたニューオーリンズでのことで、それも一定期間のことだった。しかしながら、この若かりし頃の身振りは、後年ずっとつきまとうことになる。ノーベル賞作家となったフォークナーは、自身の経歴が照会されるたびに、戦闘経験は無いと訂正するはめになった。ノーベル賞作家の経歴に実戦経験は不要となっていたのである。

『兵士の報酬』は、傷痍勇士ドナルド・マーンを表看板に掲げることによって、英米両国において当世風の戦争文学として受容された。だが、「失われた世代の作家」による戦争小説としての受容の過程で、『兵士の報酬』においてフォークナーが「若い連中」の等身大の肖像を描いていることは見落とされてきた。本作は、世代の交代による生と復活を描いているのである。それから二八年後、第一次世界大戦という時期外れのトピックを扱った『寓話』は、偉大なる現代作家フォークナーによる不朽の名作と喧伝され、現代人の教養として難解であろうとも読んでおくべき作品として位置づけられた。だが、「ノーベル賞作家」による人間愛の勝利を標榜した平和主義文学としての受容の過程で、『寓話』において彼が〈失われた世代〉の群像を描いていることは見落とされてきた。『兵士の報酬』と『寓話』は、それぞれ「失われた世代の作家」「ノーベル賞作家」といったフォークナーの批評上のレッテルをなぞるかたちでの作品解釈がなされてきたのである。しかし、実際は、『兵士の報酬』が駆け出し作家による、初々しい感性と未来への希望を感じさせる作品といえるならば、『寓話』は円熟の域に達した作家による、苦々しい諦念と未来への絶望を醸し出す作品といえるのだ。

出版業界でのフォークナーの売り出しは、批評の言説空間に意図せぬ余波をもたらした。『兵士の報酬』の批評言説においては、フォークナーの「負傷兵ペルソナ」は、批評家を悩ませる厄介な倫理的問題としてことあるごとに持ち出され、作品の評価にまで影響を及ぼしてきた。〈失われた世代〉という戦争神話生成の現場にいたフォークナーには、不名誉な尾鰭が付くことにはなった。だが、おかげで百年後にも語り継がれる「フォークナー神話」が生まれたのだから、それは彼への報酬と呼べるのではないだろうか。一方、『寓話』の批評言説においては、ノーベル賞の晩餐会スピーチにおける「人間は打ち勝つ」という言葉が作品の信条をあらわすものとして常に参照されてきた。そして、フォークナー本人といえば、自身のキャリア最後の記念碑的な本――「最高傑作」(magnum-O)――になると考えていた『寓話』が、現代においては勝ち栄えるとはならなかったことは想像だにしなかっただろう。

註

Soldiers' Pay からの引用の邦訳は『兵士の報酬』加島祥造訳（文遊社、二〇一三年）に、*A Fable* からの引用は『寓話』（上・下）阿部知二訳（岩波文庫、一九七四年）による。文脈によって一部変更を加えた。

（1）Bassett 61.
（2）Bassett 60.
（3）Bassett 59.

（4）ジェイムズ・D・メリウェザーの編集附記を参照（Meriwether ed., "A Note on *A Fable*" 416）。
（5）Jay Watson 309.
（6）表紙側そで
（7）裏表紙側そで
（8）表紙側そで
（9）裏表紙側そで
（10）Williamson 494.
（11）Minter 32.
（12）James G. Watson, *William Faulkner* 18, 28, 29, 30; Sensibar 200.
（13）Kartiganer や James G. Watson, *The Snopes Dilemma* が好例である。
（14）Sensibar 198.
（15）Sensibar 199.
（16）Hönnighausen, *William Faulkner* 12.
（17）Minter 32.
（18）Blotner, *William Faulkner* 67.
（19）Gandal 5.
（20）Lowe 96-97.
（21）Lowe 78.
（22）Blotner, *William Faulkner* 66.
（23）James 166.
（24）Matthews 25.
（25）James G. Watson, ed., *Thinking of Home* 47.

（26）James G. Watson, ed., *Thinking of Home* 67.
（27）James G. Watson, *William Faulkner* 24.
（28）Sensibar 187, 189.
（29）フォークナーは家族からの希望によって（James G. Watson, *Thinking of Home* 108）、戦争土産として弟ジョンには略帽を、母モードには記章を持ち帰った――「あなたの記章を手に入れた。綺麗だよ、いい飛行士の証書だよ。坊やには帽子を持って帰るよ」（同 115）。カナダへの遠征記念として、自分と母親用に同じものを二つ購入したと思われる。
（30）qtd. in James G. Watson, *William Faulkner* 25, 26.
（31）James G. Watson, ed., *Thinking of Home* 67.
（32）Blotner, *William Faulkner* 66.
（33）James G. Watson, ed., *Thinking of Home* 55.
（34）Rankin 299.
（35）James G. Watson, ed., *Thinking of Home* 36.
（36）Keene 14-15.
（37）フォークナー神話の一つに、合衆国陸軍に志願したのに背が低すぎたために入隊を拒否されたというものがある。だが、ブロットナーによれば、彼が実際に入隊しようとした形跡も、当時の軍隊には身長や体重に関する入隊制限も無かった（Blotner 60）。「兵役忌避者」（slacker）と思われることは、当時の若者にとって最も避けねばならないことだったのだろう。
（38）James G. Watson, ed., *Thinking of Home* 41.
（39）James G. Watson, ed., *Thinking of Home* 41-42.
（40）James G. Watson, ed., *Thinking of Home* 96.
（41）James G. Watson, ed., *Thinking of Home* 41.

（42）Tate 125-26.
（43）Matthews 24.
（44）Tate 125.
（45）Tate 109.
（46）Tate 127.
（47）Faulkner, "William Faulkner's Nobel Prize Acceptance Speech," 166.
（48）Yamamoto, "When Faulkner Was in *Vogue*" 138.
（49）Karl 753.
（50）Faulkner, "Notes on a Horse Thief" 46.
（51）Yamamoto, "When Faulkner Was in *Vogue*" 138-39.
（52）"William Faulkner" 52.
（53）フォークナーが憤怒の念に駆られて「プライヴァシーについて」（一九五五年七月号、『ハーパーズ・マガジン』）を書いたとされる、ロバート・カフランによる伝記記事（一九五三年九月二八日号、一〇月五日号）が『ライフ』誌に出てから約一年後のことである。このほとんど指摘されない事実は、フォークナーとマス・メディアとの間には敵対的関係があったとするノエル・ポークをはじめとしたフォークナー批評において根強く支持されている前提を崩すだろう。
（54）"Faulkner's Wall Plot" 77.
（55）"Faulkner's Wall Plot" 78.
（56）Ladd, "Faulkner, Glissant, and Creole Politics" 45.
（57）Jay Watson 309.
（58）Meriwether, ed., *Essays, Speeches & Public Letters* 120.
（59）金澤哲は、厩を「子宮」とみなし、レヴィンの便所での銃での自殺との重なりを見出している（四四一）。

（60）金澤　四三五。

（61）金澤は、ポークの論考「『寓話』における女性と女性的なるもの」（"Woman and the Feminine in *A Fable*"）を踏まえて、「女性的なるもの」を拒否あるいは受容する登場人物（グラニョン、レヴィン、歩哨、元帥と伍長、伝令兵）が繰り返し登場するという『寓話』における「反復の原理」を指摘している（四二七―五九）。レヴィンについては、「絶望の果に自殺した」としながらも、「レヴィンの自殺は子宮内での射精であり、新たな命へとつながるものなのである」（四三六）とする。

（62）田中敬子は、主計総監の姿が「慈悲深い嘆きの聖母を連想させる」（一八〇）と指摘する。

（63）Minter 41.

（64）Williamson 198.

（65）Martin 180.

第Ⅲ部　レトロ・スペクタクル　《幻視》

第六章

夢のあとさき　スノープス三部作とアメリカの夢

夢の行方

一九五五年七月、フォークナーは、「プライヴァシーについて――アメリカの夢《アメリカン・ドリーム》に何が起こったのか？」と題したエッセイを『ハーパーズ・マガジン』誌上に発表した。本人の承諾なく『ライフ』誌が私生活に踏み込む特集記事を掲載したことへの憤りから本エッセイが書かれたという事実は、つとに知られている。だが、このエッセイを、突如として課せられた有名税に対するノーベル賞受賞作家の苦情申し立てと捉えるのであれば、ことの本質を見誤ることになるだろう。なぜなら、五五年から五六年にかけての時期、すなわち一七年ぶりに取り組むスノープス続編の執筆時期、フォークナーはアメリカン・ドリームの行方を大真面目に憂慮していたからである。

実際、この問題は、戦後のフォークナーの関心の中心にあったと思われる。一九五五年頃、彼は上記のエッセイを収めた講演集『アメリカの夢』を出版する計画をもっていたが、[1]すでにいくつかの作品において〈アメリカン・ドリーム〉の変容を描き出そうと試みていた。たとえば、「付録——コンプソン一族」（一九四六年）や、『尼僧への鎮魂歌』（一九五一年）の散文部分がそれである。そしてスノープス三部作の第一作目『村』（一九四〇年）においては、人物の系譜や土地の来歴に焦点があてられ、過去から現在までの個々人の夢の行方と南部の変貌の様相が立ち現われる。さらに、『町』（一九五七年）と『館』（一九五九年）という続編二作においてふたたび、南部の近代的発展と並行するかのように展開するフレム・スノープスの立身出世の物語を紡ぐのである。この二作品においてフォークナーは、新南部の夢から開拓時代の夢へ、起源を探るかのように遡っていく。そうすることで、フォークナーは「アメリカの夢に何が起こったのか？」という問題提起を行っているように思われる。

本章では、スノープス三部作で展開されるフレムの立身出世の物語とそれを伝える語り手の操作に注目することで、フォークナーが「アメリカの夢に何が起こったのか？」という問いにどのような答えを出しているのかを読み解きたい。その際、『村』と『町』との間に出版された「付録——コンプソン一族」および『尼僧への鎮魂歌』との間テクスト性が手がかりとなるだろう。スノープス三部作には、開拓時代の夢から新南部の夢へと向かう〈アメリカン・ドリーム〉の変容とその行方が描かれている。晩年のフォークナーにとってアメリカン・ドリームは、変わりゆくアメリカを捉えるための鍵概念だったのだ。

三部作の起源とアメリカの夢

スノープス三部作の起源は、フォークナーが『父なるアブラハム』の執筆に着手した一九二六年に遡る。この二四頁の草稿からは、フレムをアメリカン・ドリームの申し子として描こうとする作者の明確な意図がうかがえる。草稿のタイトルについて、伝記作家ジョーゼフ・ブロットナーは、シャーウッド・アンダーソンが当時執筆していたリンカーン伝のタイトルをフォークナーが拝借したと推測するものの、フォークナー作品のアブラハムは、米国第一六代大統領ではなく、約束の地カナンを目指したユダヤ人の始祖を指すと主張する。[2] たしかに、ヘブライ語で「民衆の父」を意味するアブラハムは、際限なく増殖していくスノープス一族の長たるフレムを象徴するのに相応しい。だが、「丸太小屋からホワイトハウスへ」というフレーズであらわされる大統領《プレジデント》の立身出世と、「村」はずれの下宿から「町」の白い「館」へという銀行頭取《プレジデント》のそれとの、明らかな類似を見過ごすわけにはいかない。一九五五年のパリでのインタビューにおいて、フォークナーはフレムを大統領選に出馬させてもよかったと述べており[3]、また、草稿においても、フレムをアメリカン・ドリームやデモクラシーを体現する大統領に倣う人物として造型していた——「彼は、実際に機能している、人々の理想郷への夢から生まれでた驚くべき私生児の生きた見本である。この場合、夢とは〈民主主義〉である」[4]。嫡出子ではないものの、フレムは、まぎれもなく共和国建設の夢と理念の申し子なのである。そしてその一五年後、自らの最大利益の獲得だけが「幸福追求」であるフレムの姿に、アメリカ建国以来の夢の行方が示されることとなる。

スノープス三部作の第一巻『村』(5)の冒頭に描かれるのは、南部開拓時代の夢のなれの果ての姿である。「そこは原初の譲渡地であり南北戦争前のとてつもなく広い大農園の敷地であったところであり、その廃墟——崩れてしまった馬小屋と奴隷居住区と荒れ放題の庭と煉瓦敷きのテラスと遊歩道、そして内部を略奪され荒廃してしまった巨大な館の骨組——は、今なお老フランス人屋敷として知られている」(3)。『村』の舞台となるフレンチマンズ・ベンドの地名の由来となった「老フランス人」の所有した大農園、すなわち「彼の夢、彼の広大な敷地」は、物語現在では小作用農地に分割されている。現所有者のウィル・ヴァーナーが大農園主のことを「ただ食べて寝るためだけに、これだけのものが必要だった馬鹿者」(7)と呼ぶように、あるいは、住民があと五〇年もすれば価値がつけられないほどになる家財に骨董的価値を見出さず薪がわりにくべているように、旧南部の「生命、自由及び幸福追求」の価値は、新南部の経済合理性の観点からは理解しがたいものになっている。大農園主の本名が人々から忘れられてしまったように、「彼の夢と誇り」は跡形もなく消えてしまった。今でも残っているのは、南北戦争時に敷地のどこかに埋められたという「お金」の口頭伝承だけである(4)。

このように、物語冒頭では、黒人奴隷の労働力を用いて森を切り拓き川の流れすら変えてしまった旧南部の大農園主のフロンティア精神と彼の敷地を分割して転売する新南部の銀行家の営利行為とが対置され、理想郷の建設を目指す夢が単なる土地投機の手段に成り下がってしまったことが描き出される。「廃墟」となった老フランス人屋敷が象徴するのは、理想の追求がいつの間にか金銭の追求になってしまった夢の変容である。ヨクナパトーファ最初の植民者三人のうちの一人であるルイ・グレニアの大農園跡地は、原初の夢が切り刻まれ矮小化した姿を後世に伝える。『村』の冒頭には「アメリカの夢に何が起こったのか?」という問いが提示されているのだ。

ここから展開されるフレムの立身出世は、冒頭場面の問いへの返答となる。一九三八年の編集者ロバート・ハース宛の手紙に記された三部作の構想によれば、第一巻はフレムが「小さな村を消費」してから「ジェファソンへの足掛かり」を得るまで、第二巻は「裏通りのレストランの共同所有者から[……]銀行の頭取におさまるまで」、第三巻は「コロニアル様式の邸宅を買い込み取り壊し、分譲地に切り刻む」までを扱う。[6] このプロットはスノープス三部作にほぼそのまま引き継がれることになるが、[7] スノープスの立身出世の物語は、『村』の冒頭場面において象徴的に提示された南部の夢の変遷を辿るものなのである。フォークナーは、「アメリカの夢に何が起こったのか?」という問いにどう答えを出しているのだろうか。

夢の起源と語りの行方

物語現在のフレンチマンズ・ベンドは、ウィル・ヴァーナーが独占する小作農経済の支配下——彼は、雑貨店、綿繰り機、紡績工場、鍛冶屋等、ベンドにおける経済活動を全て独占している (6) ——にあり、白人小作農民の「生命、自由及び幸福追求」の権利は著しく制限されている。ベンドの経済学は、『村』の三人称の語り手によって、旧ヨーロッパの植民地政策に類するものと示唆される。ヴァーナーとフレムが一緒にいる様子は、前者が「白人の貿易商人」、後者が「オウムのように彼を真似るアフリカ辺境の植民地の酋長」とあらわされる。フレムは、「文明の美徳」をヴァーナーから会得するのだ(67)。ベンドの経済システムを旧世界の植民地支配に比するものとすることによって、語り手は、新南部がフロンティア精神やデモクラシーといったアメリカの理想とはほど遠いものとなってしまった現状を提示する。

だが、その実、フレンチマンズ・ベンドの小作農経済は、開拓時代の大農園経済と非常に似通ったものである。ピーター・アラン・フローリッヒは、「フロンティア経済」は「人種優越のレトリック」によって「アフリカ人奴隷」の労働力を搾取するが、小作農経済は「人種平等のレトリック」によって「白人（小作農の）賃金奴隷」のそれを搾取すると論じる。[8] 新旧二つの経済システムの差は、人種レトリックの違いでしかないと指摘するのだ。この指摘は、短編「納屋は燃える」（一九三九年）の中で、フレムの父親アブナーがド・スペイン少佐の白い館を見上げて言う内容と同一である――「『白くて綺麗だろ？』［……］『ありゃあ汗だぞ。黒んぼの汗だ。彼にとっちゃあ、まだ満足のいくほど白くないのかもな。白い汗も混ぜたいんだろう』」[9]。アブは、旧南部の地主階級による大農園経済の基盤が黒人奴隷の搾取にあり、新南部の資本家階級による小作農経済の基盤が白人小作農民の搾取にあることを、子供らに教えるのである。

『館』[10] の三人の語り手のうちの一人であるミシンの行商人V・K・ラトリフは、このスノープス一族が体現する「スノープシズム」を、もう一人の語り手である弁護士ギャヴィン・スティーヴンズの言を借りて、以下のように定義する――「たくましく邪悪な力、勢力」(454)。ギャヴィンは、一族のことを「ネズミやシロアリの群れ」(36) と形容する。二人からすればスノープス一族は「南部」という館に外から侵入して巣食う害虫なのである。同様に、従来の批評も、ゲイル・モーティマーが総括するように、スノープス一族のことを農本主義から資本主義へと南部を変革させる外部勢力、つまり「北部的勢力の象徴」(11)とみなしてきた。しかし、スノープス一族は南北戦争時代からヨクナパトーファに住んでいる南部人であり、決してよそ者ではない。また、フローリッヒが論じるように、フレムは南部の「経済の指導者」を真似ることによって「権力の地位へ上る」(12)。フレムとトマス・サトペンとの類似をみるダン・H・ドイルは、フレムが「インディアンを騙し、土地と奴隷を容赦なく搾取する南北戦争前の先任者たちと多くの共通点をもつ」(13)と指摘する。実際、フレムのキャリアは、これまで指摘されてきたサトペンよりも、スノープス三部作の語り手たちが黙して語らない、町の創設父祖の一人であるコンプソン一世のそれと酷似しているのである。

コンプソン一世の立身出世は、マルカム・カウリー編纂『ポータブル・フォークナー』(一九四六年)のために書き下ろされた「付録――コンプソン一族」の人物来歴に簡潔にまとめられている。ジェイソン・ライカーガス・コンプソン一世は、半年のうちにチカソー族管理局の事務員、一年のうちに共同管理者に昇格して付属雑貨店の半分を所有するまでになり、一年後にはインディアンの酋長イケモタビーから馬と交換に「ジェファソンの町のほぼ中心となる平方マイルの土地」を手に入れる。(14)一方、フレムは、ベンドの雑貨店の店員からジェファソンの食堂の共同経営者となり、そこから「サートリス銀行」とド・スペイン邸を、さらにはジェイソン・コンプソン四世から「コンプソン・マイル」の残りを手に入れる。コンプソン一世との繋がりは顕著である。

とりわけ、フレムの土地投機は、コンプソン一世の行為を繰り返すものである。(15)『尼僧への鎮魂歌』

の第三幕プロローグ「監獄」にて、町が新郡庁舎を建てる際に「コンプソンの言い値で」彼の所有する土地を購入しなければならなかったことが明かされる。(16) このエピソードは、ジェファソンの町の創設自体が必ずしもコンプソン一世の金銭欲と無縁であったわけではないことを示唆する。安く土地を手に入れ、その土地の価値を高めてから高値で転売する土地投機は、フレムが老フランス人屋敷をラトリフらに転売するずっと以前に、コンプソン一世が実践しているのである。ノエル・ポークが論じるように、ジェファソンの郡庁舎が人間の「より良い生活への夢」の象徴であるなら、監獄は人間の「原罪」の象徴である。(17) 町がその創設より先に監獄を必要としたように、コンプソン一世の立身出世もその始まりから決して無垢ではなかった。コンプソン一世の錬金術は、ヴァーナーを経て、フレムに受け継がれている。この意味において、フレムは、南部の夢の非嫡出子である。彼は、原初の罪を体現する〈内なる他者〉なのだ。スノープス三部作は、フレムがヴァーナーの足跡を辿りコンプソン一世の足跡まで遡る、その年代記である。

しかしながら、「スノープス伝承」(『町』146) をつむぐ三部作の語りは、この系譜を認識することを拒否する。三部作において主要登場人物兼語り手として重要な役割を果たすのはラトリフとギャヴィンである。スノープス一族との「ゲーム、競争、あるいは戦闘、戦争」(『町』106) は、『村』においてはフレムとラトリフによるヴァーナーの後継者争いとして、『町』『館』においてはスノープス家の女性を守ろうとするギャヴィンによる騎士の戦いとして提示される。このラトリフとギャヴィンの介入については、フォークナーがヴァージニア大学での質疑応答において「戦いとなれば、いつだってローランを生むんだ」と発言したために、二人が英雄的な役割を果たすのだと考えられてきた。(18) だが、二人の血筋を考慮にいれれば、介入には個人的な理由も見えてくる。ラトリフは、ジェファソンの町の創始者三人のうちの一人ラトクリフの末裔であり（『町』283）、ギャヴィンは植民地時代からつづく旧家の出である。ジェファソンの創設父祖たちの後継者を自負する二人にとって、フレムとコンプソン一世との間に類似を認めることは我慢のならないことである。二人とスノープスとの闘争は、ジェファソンの町の創設父祖たちの正統な後継者をめぐる戦いなのだ。

フレムをコンプソン一世の継承者と認めない三部作の語りは、彼を南部の貴族的伝統とは縁のない〈他者〉として提示する。だが、この起源を抑圧する語りの操作は、副産物としてスノープス・ジレンマを生むこととなる。

語りの操作とフレムの夢

スノープス三部作の語りにおいて、フレムは黒人と先住民に近い存在、人種的階級的他者として表象される。シャーメイン・エディが指摘するように、フレムの白いシャツは労働の汗とともに徐々に黒ずんでいく。彼は、『村』において、「人種的他者」[19]として記号化されるのだ。とりわけ、ギャヴィンの甥であるチャールズ・マリソンが語る、『町』の最後を飾るアパッチ族の混血児たちのエピソードは、スノープス一族の異化に効果的に機能する。暗闇でナイフを使い、ペットの犬を食らう「野蛮な」アパッチ族の混血児たちは、スノープス一族がジェファソンの住民を恐怖に陥れるであろう未来を予兆している。「レッドネック」の典型であるスノープス一族のいきつくところは、サトペン家の黒い混血児ジム・ボンドではなく、アパッチ族の「赤い」混血児なのである。レッドネックと先住民族とを赤の連想によって結びつけるチックの語りは、白人優越主義と階級主義の観点から、ラトリフとギャヴィンのフレムへの抵抗を正当なものとする。

この白人優越主義と階級主義の立場は、ギャヴィンの語りに最も顕著である。ギャヴィンには、フレムがリンダの親愛の情とユーラの不倫を利用して銀行のポストを手に入れることは、卑劣な行為とうつる。だがそれは手段とは関係なく、手に入れようとする目的自体が論外なのである。彼は、「特権を獲得した者」と「父や祖父から肩書を正統に受け継いだ者」（『町』121）とを明確に区別する。ギャヴィンにとって、階級の特権は血縁によって受け継ぐものであって、お金で獲得できるようなものではない。「レッドネック」は上流階級の一員になどなれないというのが、フレムの出自を問題視するギャヴィンの立場である。もちろん、ギャヴィンのフレムへの反感の裏に、ユーラとリンダへの抑圧した愛情があることは言うまでもない。彼のフレムへの対抗心には、彼が言う「ジェファソンのため」（『町』89）という公的な理由以上に、個人的な理由があるのである。

スノープシズムの脅威は、フレムがお金ではなく体面（respectability）を手に入れようとしている、とギャヴィンが認識したときに生まれる。フレムが銀行の副頭取となる時に購入した家の内装を見た時、彼は「文明化された魂への［……］攻撃」と言うほどの衝撃を受ける。ギャヴィンは、ライフスタイル誌『タウン&カントリー』の「アメリカン・インテリア」とキャプションがついた写真どおりの家具や食器類を目の当たりにして、「そうか本気なんだな」と慄く。妻ユーラによれば、銀行の副頭取に適した家具を手に入れるために訪れたメンフィスの家具屋にて、フレムは、成功を誇示する成金趣味の家具にも、家系に箔をつけるアンティーク家具にも首を縦に振らない。結局、家具屋の妻が選んだ受注生産の量産家具は、まさに個人主義で没個性的なフレムに相応しい。ギャヴィンの怖れは、家具問屋のカタログに記載されている「説明文／伝説《レジェンド》」——「模造品でもリプロダクト製品でもありません。個人の必要性にあわせて調整した我々独自のモデルです」（『町』194）——を真に受けるフレムの純真さに対する怖れである。盲目的にアメリカの夢と理念を信じるフレムは、「誰も騙すつもりはない」（『町』195）と言うように、出自を偽る必要などない。銀行の副頭取として相応の家に住み相応の行動をすれば、ジェファソンの上流階級の一員になることができると信じている。それこそが、ギャヴィンの感じる脅威である。[20]

　結局、ギャヴィンが怖れるようにフレムは社会的地位を自助努力によって手に入れることになる。フレムが頭取となりマンフレッド・ド・スペインの館に移り住んだ時、ラトリフは次のように理解を示す。「財産と家名に生まれついた」サートリス大佐やド・スペイン少佐とは異なり、フレムは「いうならば固くて辛抱強く抗う岩から［……］両方を自力で獲得しなければならなかった」[21]。フレムの成功は、階級は先天的に血縁によって決定するのではなく、後天的に不断の努力によって獲得するものだということを証明するのである。

　そうして頭取に上り詰めたフレムは、ジェファソンの中心地である「コンプソン・マイル」を分割して、新たな分譲地「ユーラ・エイカーズ」を創設する。分譲地は、「すべての男たちの夢と望み」（『村』164）であった地母神ユーラのように、アメリカン・ドリームを約束するのだ。宅地に整然と並ぶ画一的で没個性的なミニ戸建――お菓子の箱のように「見分けのつかない、小さく素朴に明るく塗られた新しいウサギ小屋」（『館』629）――は、戦後の若い世代に、住宅ローンで購入可能な家族空間を提供する。核家族のための個人主義的で民主主義的なアメリカン・インテリアを。フレムによる分譲地建設は、ユーラの自殺を始めとする様々な犠牲のうえに、アメリカン・ドリームとデモクラシーを達成することとなる。コンプソン・マイルの跡地に敷かれた「ユーラ・エイカーズ」は、まさにコンプソン一世の大農園に、さらに遡れば開拓父祖たちの入植地に匹敵するものなのである。

皮肉なことに、フレムは、血縁をあくまでも最重要視するミンクに殺されることによって、ジェファソンの町の承認を得る。彼の死は「町の尊敬と同情」を引き起こし、フレムを「白く浄化する《ホワイトウオッシュ》」[22]。『館』の三人称の語り手は、「高名な銀行家であり資本家」の盛大な葬儀を次のように報告する。「彼（故人）には後援も無かった［……］ただ資本だけだ。経済ではない――ヨクナパトーファ郡やミシシッピを造り今でもそれを動かしている綿花や牛やその他ではなく、金銭にのみ属している」（706）。小作農民の家系に生まれたフレムは、南部の農本経済から自由になり、資本主義経済による成功をおさめるのだ。三部作の結末において、フレムは、何人にも社会上昇を約束するアメリカン・ドリームの申し子となる。そして、その夢の起源は、北部にあるのではなく、南部の開拓時代に遡るのである。

スノープス・ジレンマ

こうしてフレムの夢を辿るうちに、彼を人種的階級的他者とする語りは「スノープス状態あるいは窮地」（『館』619）に陥っている。フレムを黒人あるいは先住民に異化する語りは、白人優越主義者であり階級主義者であるギャヴィンのような南部白人の密かなる恐怖を現実のものにしてしまう。つまり、フレムは、白人小作農民よりも少ない元手でより勤勉に働くことで成功する黒人の姿を、あるいは不当に奪われた土地の返還を要求する先住民の姿を、まざまざと見せつける。彼を〈他者〉として提示する語りは、それによって彼を南部白人たちの恐怖を実現する存在にしてしまうのだ。スノープシズムとは、南部白人の内なる恐怖が投影されたものである。だがその一方で、語りの操作なくば、フレムの経済活動は町の創始者コンプソン一世のそれとの類似を思い起こさせる。彼は、ジェファソンの町の原罪を呼び覚ます存在なのだ。ギャヴィン自身、スノープス一族の出現と「ジェファソンが過去に犯した罪」とを結びつける――「いいや、我々は今やつらを手に入れてしまった。やつらは今、我々のものだ。こんな罰を勝ち取り、こんな権利を得て、こんな特権を獲得するなんて、いったいジェファソンがいつだかの昔にどんな罪を犯したのかわからない。でも、我々はやってしまったのだ」（『町』89-90）。原初の罪を想起させるために、フレムはジェファソンの脅威なのである。彼は、「土地の古い諸悪を映し出す」[23]。いかに抑圧しようとも、フレムの南北戦争前の邸宅をめぐる土地投機は、開拓時代における町の創設父祖たちの先住民と黒人に対する搾取と蹂躙の記憶を想起させてしまうのである。

『町』において、丘の上からヨクナパトーファ全体を俯瞰するギャヴィンは、眼下の光景から「故郷の記録と年代記」を読みとる。それは「人間の情熱、希望、災難の縮図」であり、人が「貪欲」の網に絡めとられながらも「自分の夢に打ち込む」(277) その営為を描き出す。ギャヴィンが土地から拾いあげる名前は、はじめに「野蛮なチカソーの王」イッシティベハー、それからコンプソンやスティーヴンズを含む「誇り高く消えゆく白人大農園の名称」、おわりにスノープスである (278)。『尼僧への鎮魂歌』において、ジェファソンの町の歴史がチカソー族の足跡を土地から完全に消し去る行為であったと説明されるように (188)、ギャヴィン自身、ヨクナパトーファの歴史が先住民の土地を奪うことから始まったことを認識しているのである。

スノープス三部作の間に出版された作品群で共通して語られるのは、開拓時代、白人が先住民から土地を奪い黒人奴隷の労働力を搾取して大農園を築き、ジェファソンの町を建設したという創世記である。むろん、ジェファソンの創設は、アメリカ建国のアナロジーである――「ジェファソンおよびヨクナパトーファ郡が創建されたまさにその状況は［……］アメリカの建設、蹂躙、再建の寓話となる」。[24] 三部作についても同じことが言えよう。三部作は、フレムの立身出世を通して、アメリカ建国の夢と罪との表裏一体の関係を告げる。この意味において、スノープシズムは、その起源から矛盾を抱え込んでいるアメリカの国家的トラウマである。アメリカの夢と理念を信じたいという願望と、その夢と理想からはかけ離れた現実を認識してしまう理性との狭間で揺れる作家の想像力は、スノープス・ジレンマとして三部作に表出する。[25] フレム・スノープスは、アメリカ建国の夢と原罪の間から生まれ落ちた、まさにアメリカン・ドリームの申し子なのである。

見果てぬ夢

一九五五年の「プライヴァシーについて――アメリカの夢に何が起こったのか？」において、フォークナーはアメリカン・ドリームを次のように規定する。

それこそが〈夢〉であった。人が、黒や白や茶色や黄色に創られ、ずっとそうあり続けることを運命づけられているという意味で平等に創られたということではない。平等を運命づけられているのではなく、平等を享受しているのである。自ら手をあげるのではなく、まだ生まれいでぬ胎児のように温かく空気のない湯舟の中で丸まって眠りながらにして。それは、ほかの皆と同様に平等の出発を有する自由であり、その平等を個人の勇気と誠実な仕事ぶりと相互責任によって守り保持する自由である。(26)

アメリカン・ドリームは、一般的に、人種・階級・性にかかわらず努力さえすれば誰でも成功することができるという趣旨だと解されている。フォークナーは、人種と階級の差異の存在を認めつつも、誰もが平等に同じ出発地点に並ぶことができる自由が与えられていること、また、その自由は、「個人の勇気と誠実な仕事ぶりと相互責任」によって保たれること、その自由と平等こそがアメリカン・ドリームだと述べる。当時、時に矛盾する立場をとりながらも人種問題に積極的に発言していた彼の、このエッセイからうかがえる立場は、クリアンス・ブルックスに言わせれば、個人の自由権をすべての人民に保障し、教育を受ける権利や経済的独立が可能な土地を与えようと夢見るジェファソン的アメリカン・ドリームと同じである。(27) 現代におけるアメリカの夢の変容を嘆くフォークナーは、夢の起源を求めて、アメリカ独立宣言を起草した建国の父トマス・ジェファソンに立ち返るのである。

しかし、ヴァージニアの大農園主でもある第三代大統領が掲げる理想のアメリカ、すなわち独立自営農民を中核とする農本主義共和国「自由の帝国」が、奴隷制度を保持して先住民を駆逐したことは紛れもない事実である。夢の行方を追うために夢の起源に遡るフォークナーは、否が応でも、このアメリカの理想と現実との矛盾に目を向けざるを得ない。後期作品において、ジェファソン大統領からジャクソン大統領へとデモクラシーの系譜を追うフォークナーは、その政策の裏に隠された先住民に対する国家的犯罪を意識しないわけにはいかなかった。「付録――コンプソン一族」では、ジェファソンの大農園主を代表するコンプソン一族の系図よりも先に、コンプソン家の血筋とは直接関係のない二人の父祖の略歴がおかれる。「土地を奪われたアメリカの王」イケモタビーと「剣をもった偉大なる白い父」ジャクソン大統領である。(28)『尼僧への鎮魂歌』では、ジェファソンの市名がジェファソン大統領にちなんで名づけられたトマス・ジェファソン・ペティグルーに由来すること (25)、ミシシッピの州都ジャクソンがジェファソン大統領の計画に沿って作られアンドリュー・ジャクソンにちなんで名づけられたこと (93) が語られる。この南部の発展を尻目に、女酋長モハタハー率いる部族はインディアン居留地へ追いやられるのである。「ナッチェスかニューオーリンズの高級売春宿の女主人の晴着のように見えた」(186) と表象されるモハタハーの姿は、スノープス三部作のフレム同様、商業主義に毒された白人父祖たちの真の姿を鏡のように映している。

「アメリカの夢に何が起こったのか？」という問いは、たしかに五〇年代のフォークナーの関心の中心にあった。その問いに対するフォークナーの答えは、スノープス三部作を含む後期作品を読むかぎり、アメリカの夢の矛盾はすでにその起源から始まっていたというものだ。冷戦の只中、政府親善大使として〈自由の国〉を標榜するアメリカのプロパガンダ活動の一翼を担っていたフォークナーは、日本とマニラでの講演において、執筆中の『アメリカの夢』からの抜粋を読んだという。(29) 日本において、彼は、世界にむけて自由を謳っておきながら自国では黒人差別がまかり通るアメリカの欺瞞は恥ずべきことだと発言した。(30) この講演集の出版は実現しなかったが、一九二六年から三四年をかけて完成したスノープス三部作は、アメリカの自由と平等の理念が孕む矛盾に気づきながらも、アメリカン・ドリームという儚い夢をいまいちど信じたいという作者のジレンマから生み出された作品ではなかったか。フォークナーはモンタナ大学での講演において、「夢、希望、条件」といったアメリカ的価値観は、建国の父祖たちから受け継いだのではないと言ってみせた。彼の言わんとするところは、それらは受動的に受け取るべき「遺産」ではなく自ら積極的に獲得すべきものだ。冒頭で引いたエッセイ「プライヴァシーについて」によれば、アメリカ人とは、「夢のなかに生きたのではなく、夢そのものを生きてきた」(31) のだから。

註

（1）Blotner, *Faulkner: A Biography* 594.
（2）Blotner, *Faulkner: A Biography* 192.
（3）Blotner, *Faulkner: A Biography* 611.
（4）Faulkner, *Father Abraham* 3.
（5）Faulkner, *The Hamlet* (1940. Vintage, 1991). 以下、本章における同テクストからの引用は本文中の括弧内にページ数のみを記す。
（6）Faulkner, *Selected Letters of William Faulkner* 107.
（7）三部作の複雑な語りの構造については、以下の論考が詳しい。Owen Robinson, "Interested Parties and Theorems to Prove: Narrative and Identity in Faulkner's Snopes Trilogy." *The Southern Literary Journal*, vol. 36, no. 1, 2003, pp. 58-73.
（8）Froehlich 235.
（9）Faulkner, "Barn Burning" 11.
（10）Faulkner, *The Town* in *William Faulkner: Novels 1957-1962* (Lib. of America, 1999), pp. 3-326. 以下、本章における同テクストからの引用は本文中の括弧内にページ数のみを記す。
（11）Mortimer 187.
（12）Froehlich 235.
（13）Doyle 31.
（14）Faulkner, "Appendix: The Compsons" 634-35.
（15）ジョーゼフ・R・アーゴは、フレムの土地投機とフォークナーのモダニスト美学とが相似であると論じる(Urgo)。
（16）Faulkner, *Requiem for a Nun* (1951. Vintage, 1975), 185. 以下、本章における同テクストからの引用は本文中の括弧

内にページ数のみを記す。
（17）Polk, *Faulkner's* Requiem for a Nun 24.
（18）Faulkner, *Faulkner in the University* 34. ジョーゼフ・F・トリマーは、ギャヴィンではなく、三部作において最も影響力のある「観察と解釈」（Trimmer 453）を提供するラトリフが英雄的な役割を果たすと論じる。
（19）Eddy 580.
（20）モーティマーは、ギャヴィンとフレムの異なるアイデンティティの感覚をダーウィンの進化論を援用して説明する。ギャヴィンのそれは血縁関係に、フレムのそれは環境適応によっている（Mortimer 195）。ギャヴィンは世襲の貴族制を支持する立場であるが、フレムは適者が社会上昇するというアメリカ的立場を支持する。モウリ・スキンフィルは、ギャヴィンの「部屋への不快感」は、アメリカ的な社会上昇神話に挑戦するフォークナーのモダニスト的立場を示している（Skinfill 141-43）と論じる。
（21）『館』469. フレム・スノープスの描出が、作家フォークナーによる「俗っぽい商業主義や非人間的な野心」への批判のあらわれである（Renner 69）とする批評は多い。ヴァージニア大学での質疑応答でのフォークナー自身の発言――「スノープスの目的はかなり下劣なものだった――彼は、ただ金持ちになりたかっただけで、どのようにかは気にしなかった」（*Faulkner in the University* 97）――に鑑みても、こうした解釈には一定の妥当性があるだろう。だが一方で、ここでフォークナーは、ラトリフの口を借りて、個人のたゆまぬ努力によって成功を獲得したフレムに対して賛辞を贈っているようにも思える。『町』におけるラトリフのロシア起源の付け足しについては、ギャヴィンの体現する立場へのアンチテーゼとなると思われるが、これについては稿を改めたい。
（22）Nichol 503.
（23）Willson III 442.
（24）Polk, "The Force" 50.
（25）ジェームズ・G・ワトソンは、スノープス・ジレンマを、登場人物が悩まされる道徳性と非道徳性との板挟みであるとする（James G. Watson, *The Snopes Dilemma* 13）。

（26）Faulkner, "On Privacy" 65.
（27）Brooks 142.
（28）Faulkner, "Appendix" 632.
（29）Blotner, *Faulkner: A Biography* 604, 609.
（30）Blotner, *Faulkner: A Biography* 604.
（31）強調原文。Faulkner, *Selected Letters of William Faulkner* 64.

第七章

老いの幻影　『自動車泥棒』における作者のペルソナ

老境のメモワール

『自動車泥棒』は、その副題「ある回想《リミニシェンス》」が示すように、フォークナーの手紙にしたためられたメモワール構想――「回想録《メモワール》を書こうと考えています。伝記の体裁をとりつつ実のところ半分くらいはフィクションの本になるでしょう、各章は、犬や馬や黒人使用人や親戚に関するエッセイのようなもので、実際の出来事に基づいているけれど適宜フィクションで「改良」されているという具合です」(1)――に、もっとも近い作品である。

「おじいさんは語り始めた――。」孫の前口上で始まる本作には、フォークナーによる五人の孫への献辞がつけられている――「ヴィクトリア、マーク、ポール、ウィリアム、バークスへ」。これだけで、読者は、物語の語り手ならびに主人公に「ルーシャス・プリースト」という第三者の名前を与えられているにも関わらず、フォークナーの自己ペルソナなのだろうと思わせられるのである。実際、借りた自動車でメンフィスのミス・リーバの売春宿へ向かうという本作の旅プロットは、フォークナー自身の亡くなった弟ディーンとの子供時代の思い出や、祖父のヘル・クリークでの実体験に基づいているという。(2)主人公ルーシャスの祖父ボス・プリーストの職業は、フォークナーの祖父と同じく銀行家であるし、父親の名前「モーリー」は、フォークナーの父親の名前「マリー」に基づくようだ。フォークナーの父親は、ルーシャスの父親同様、貸馬車屋を経営していた。(3)また、一九四七年に亡くなったフォークナー家の黒人使用人ネッド・バーネット(4)は、ネッド・ウィリアム・マッキャスリンと名を変え、フォークナーの影のペルソナとして活き活きとした活躍を見せている。このように、遺作『自動車泥棒』は、自伝的要素が非常に濃い作品なのである。

もちろん、自伝的要素を作品に援用することは、初期作品から一貫したフォークナーのスタイルである。『サートリス』（一九二九年）に代表されるように、フォークナーにとっての創作とは、フォークナー家や南部共同体に伝わる口頭伝承、とりわけ、当時のベストセラー作家であった曾祖父「ウィリアム・フォークナー」にまつわる伝説を文字化することであった。この意味において彼の著作はすべて自伝的であるといえ、「わたし自身と世界について、同じ話をいく度も繰り返している」(5)という言葉にあらわされるように、彼ほど小説の中で自分と周りの環境をさらし続けた作家もそういないのである。しかしながら、後期作品における自伝的スタイルは、初期におけるそれとは明確に異なる。ジョーゼフ・

L・ブロットナーは、一九六一年、『自動車泥棒』の草稿の冒頭三章分を読んだ感想を次のように述べた——「サートリス家ではなくプリースト家を通して、彼はふたたびフォークナー家の伝説をヨクナパトーファ郡の伝説に接ぐ。けれども今回、物語の中心にいるのは彼の曾祖父ではなく彼自身だった」。(6) 本作においてフォークナーは、読者に対して「祖父」を自覚的に演じているのである。

後期フォークナーの集大成である『自動車泥棒』は、一八九七年生まれのフォークナーがはじめて「祖父」という自分とほぼ同じ年齢の人物を語り手に据え、自分自身の人生と重なる時代の南部を描いている作品なのである。本章では、フォークナーの遺作『自動車泥棒』における作者のペルソナを検討し、そこからどのような老いの幻影が見いだされるのかを示したい。

二人の年長者

『自動車泥棒』の構想は、遅くとも一九四〇年に遡る。五月三日付の編集者ロバート・K・ハース宛の手紙には、「ハック・フィンもの」として、教養小説《ビルドゥングスロマン》の型を踏襲した物語の構成が記されている。登場するのは、四人の男女と一頭の馬である——「一二、三歳の普通の少年」、「子供の心を持った白人男性」、「子供にかえっている」黒人男性、「もう若くはない娼婦」、そして「盗まれた競走馬」。(7) 物語のプロットは、主人公が数週間のうちに「少年」から「良い男」に成長するというものである。この紳士へのイニシエーションは、娼婦の影響によって成し遂げられる。少年の経験は、「中産階級の両親」からすれば

「非行、退廃、犯罪」であるが、彼はそれを通して「勇気と名誉と寛大さと尊厳と憐み」を学ぶ。結末は、母親が少年を一目見るなり「もう私の赤ちゃんではない」と言って泣く場面である。(8) このように、この教養小説は、両親が代表する中産階級的価値観を否定する若者の反逆物語として当初構想されていた。大恐慌時代、フォークナーも例にもれず、当時主流であったプチ・ブルジョワへの抵抗というプロレタリア的な階級闘争を提唱しようとしていたのだ。

しかし、この構想は、約二〇年後にやっと実現した。登場する男女と馬は、それぞれルーシャス・プリースト、ブーン・ホガンベック、ネッド・ウィリアム・マッキャスリン、エヴァビー・コリンシア（ミス・コリー）、競走馬のコパーマイン（ライトニング）に具現化された。目立って変更された点は、構想時には存在していなかった「祖父」が絶対的権威として登場することと、認知症とされていた老人の黒人男性を四五歳に若返らせたことである。『自動車泥棒』では、反抗して乗り越える存在としての「両親」ではなく、倣い敬う対象としての「祖父」がクローズアップされる。同時に、黒人男性に主体性が与えられる。実際の執筆においては、一九六一年の時代風潮を反映して、一九四〇年におけるプロレタリア的イデオロギーは影をひそめることとなり、かわりにブルジョワ的なリベラル・ヒューマニズムが前景化されたと、ひとまずは言えそうである。あるいは、両親への反抗ではなく年長者による教育が強調される点に、作者自身が「祖父」になっていたことによる心境の変化をみることも可能だろう。

それでもなお、少年を主人公とする教養小説――イニシエーションによる精神的成長――という枠組み自体は残っている。二人の年長者――ボス・プリーストとネッド・ウィリアム――は、主人公ルーシャスの成長に重要な役割を果たすからだ。

少年ルーシャスの祖父である銀行家ボス・プリーストは、その呼び名が表すとおり、家庭においても社会においても家父長である。この賢明なる老人は、結末近くでルーシャスに「紳士の掟」――「紳士はどんなことにも耐えて生きるものなのさ［……］自分の行為に責任をとり、その結果生じる苦しみに耐えるものなのさ」(9)――を教示することにより、彼の紳士へのイニシエーションを完了させるのだと、従来の批評においては考えられてきた。それにとどまらず、このブルジョワ的リベラル・ヒューマニズムを提示する科白は、作品全体のメッセージであり、晩年のフォークナー自身が到達した人生観であるとして広く読まれてきた。(10)

遺作にみられる単純明快な教訓への志向は、従来、円熟もしくは老衰の証として捉えられてきた。同時代評論家ウィリアム・ロスキーは、『自動車泥棒』をフォークナーの有終の美を飾る作品として評価した。遺作は「人生との折り合いをフォークナーが最終的に受容した」ことを示す「和解の作品」であり、これは作家としての「成熟」であるとする。(11)ところが、近年の批評においては、円熟は老衰と同一視される。たとえば、ケヴィン・レイリーは、本作品を「生まれながらの貴族」というジェファソン的イデオロギーが最も直接的に定義された作品とする。レイリーによれば、フォークナーは、現実社会においてリベラリズムと資本主義との対決に敗れたために、「生まれながらの貴族」が支配する想像世界に退却したという。(12)ジョン・T・マシューズは、本作品が「均質化され大量生産された現代生活」に対して、「直接的で個人的で精彩に富む」旧南部の生活様式を提示すると論じる。(13)両批評家は、老いたフォークナーが現実世界から南部神話に逃避したと示唆する。

しかし、作品には円熟と老衰のどちらにも回収できない側面がある。たとえば、ジュディス・ブライアント・ウイッテンバーグは、『自動車泥棒』に「支配的な勢力を疑問視あるいは転覆する皮肉や対抗的な要素」を見出す。[14]同様に、ジョーゼフ・R・アーゴも、作品において勝利するのは「紳士の掟ではなく……若者の盗みと下層階級のペテン」であると論じる。[15]つまり、円熟期に到達して人生を受容した作家、あるいは過去の旧き良き時代を懐かしむノスタルジアに耽溺する作家、このようなフォークナー批評において広く浸透した見方ではとうてい説明しがたい反抗的な要素が『自動車泥棒』には存在しているのである。

その攪乱的な要素を体現するのが、もう一人の年長者、ネッド・ウィリアム・マッキャスリンである。フォークナーが執筆過程で若返らせたこの登場人物は、七四歳での死亡時にも髪の毛が変色しなかったという、精力旺盛な（一生に四人の妻を持つ）壮年男性である。この設定変更により、狡猾に隠密行動をするトリック・スター的人物の形成が可能となった。フォークナーは、自らの名前を彼のミドル・ネームに据え、ボス・プリースト以上にネッドに、少年ルーシャスの教育係としての重責を担わせている。この教養小説において、ネッドとボス・プリーストとは、いわば陰と陽の関係にある。彼らの表裏一体の関係は、雇用関係や血縁関係にも表れている。

主人公ルーシャスの旅に同行するネッドは、ボス・プリーストの御者である。だが、二人の関係は、雇用主とその従業員という主従関係にはおさまらない。一八六〇年に本家マッキャスリンのバックヤードで生まれた(30)ネッドは、始祖ルーシャス・マッキャスリンの「直系の孫」として、分家プリースト一族とは危うい均衡を保っている。語り手によると、ネッドは「われわれのすべてに、自分が［……］由緒あるご先祖さまランカスター直系の孫だと、それに対してあくせく働いてきたわれわれ［……］は、お前と私と私のおじいさんの三人が先祖にちなんでルーシャスという名前をつけられてはいても、次第に血縁の薄くなった親類にすぎず、居候にすぎないということを、けっして忘れさせまいとしていた」(31)という。ネッドは「血縁」を重要視する人種イデオロギーを逆手にとり、自身の優越性を主張するのである。彼は、本作において、白人が見たくない現実をつきつける役割を担っているのだ。[16] ボス・プリーストが理念を教えるとすれば、ネッドはその理念が隠蔽するものを暴きたてる。

「お前さんはあの旅行で、人間というものについて、かなり勉強したはずだに、金というものについては、あまり勉強しなかったらしいだな」(304)。この結末でのネッドの科白は、少年ルーシャスの学習が不十分なものであったことを示す。ハイデ・ズィーグラーが論じるように、[17]『自動車泥棒』のプロットを構成するエピソードは、すべて「お金」に関するものである。少年は、旅をとおして社会における人とお金との関係について学ぶ。つまり、ルーシャスの教育は、従来論じられてきたように紳士へのイニシエーションではなく、消費社会へのそれによって成し遂げられるのである。ルーシャスは、生まれながらの紳士であるため、[18] 紳士の掟をわざわざ祖父から学ぶ必要はない。

『自動車泥棒』には、ブルジョワ的リベラル・ヒューマニズムを体現するボス・プリーストと、その理念のもとにある現実をさらけだすネッドという対照的な教育者が登場する。そして、二人の指導を受けた主人公は語り手へと成熟して、孫（読者）を教育するのである。では、この語り手ルーシャスは、どのように自身の成長物語を語っているだろうか。作者のペルソナである語り手ルーシャスは、少年の成長と南部の老成を二重写しにしながら物語を紡いでいく。この回顧する自伝的語りの様式について確認しよう。

二重の語り

『自動車泥棒』における語りは、いわば過去と現在とを共存させる、二重の語りである。作品の語り手ルーシャス・プリースト二世は、一九六一年（六七歳）の時点から五六年前の一九〇五年（一一歳）の旅の体験を思い出して語る。この回顧形式は、小山敏夫が「二重の視点《ダブル・ヴィジョン》」[19]と呼ぶように、人生経験や知識にもとづいて過去を統括する老人の視点と当時の限られた知識から現在進行形で物事を見ている子供の視点とが共存する。本書第二章で紹介したキャスリーン・ウッドワードのいう「人生回顧」と「回想」の二種類の記憶のあり方である。この二通りの見方は、南部の歴史と自分の成長を重ねながら教養小説として語る自伝形式と子供時代の思い出をエピソード形式で語る断片的なライフ・ライティングとが融合した作品構造を可能にする。この二重の語りによって、たとえば次のように、語り手は一九〇五年の社会を語りながらも、同時代のスペクタクル社会への批判を差し挟むことができる。

> 今ではシーズンなんていうものはぜんぜんなくなっているのだから。だって、家の中は人工的に、夏は華氏六〇度に、冬は九〇度になるように工夫されており、そのため、**私のような時代おくれの昔のもの**は、夏には寒さをのがれ、冬には暑さをのがれるために外へ出かけなければならない始末だからな。それから、**かつては経済上の必要物にすぎなかったが、今では社交上の必要物になっている自動車**をふくめて、もし人類が同時に動くのをやめたら、地球の表面が一様に静止して、かたまってしまうかも知れないようなときが、すでにきているのだ。（193　強調引用者）

語り手ルーシャスは、現代社会の発展についていけない時流に乗り遅れた人物である。高度消費社会の行きつく先に世界の終焉をみる彼は、この終末論的ヴィジョンにおいて「自動車」をひきあいに出す。自動車の役割は、「経済上の必要物」から「社交上の必要物」へと変化したというのだ。[20] 彼は、車の移動手段としての実用性よりも、見世物的価値が尊重されるようになったことを批判している。

しかし、彼が語る物語は、五五年ほどもたってから、自らがその起源のどこか――原罪――に連座していたことを告白する物語でもある。そもそも物語で語られる旅は、少年ルーシャスが祖父の自動車を拝借したことに始まる。ボス・プリーストが車を購入することによって、「死ぬまで機械時代に断固として、けっしてゆずることなく反対し、それを認めることさえ拒みつづけたというのに、経済と繁栄の基本的単位が四つの車輪と一つのエンジンを備えた、大量生産された小さな箱になるであろう、この国の広大無辺な未来の姿を、おじいさんには悪夢のようにおぞましく思えた姿を、その始まりのどこかで暗示されでもしたよう」(28) であったのと同様、彼も車を盗むことによって、高度消費社会の出現に「始まりのどこかで」手を貸したのである。その結果、未来の世界は、ボードリヤールの言うシミュラークルに変貌する。「だけど、一九八〇年になったら、たぶん自動車が自分のさがしている荒野をこしらえているだろうから、自動車で荒野へ行くには古すぎて役に立たなくなっているだろうよ。だが、たぶん、そのころの人間は――**というのはお前たちだが**――あるいは熊や鹿が動かしているかも知れない火星や月の裏側に、荒野をみつけることだろうがな」(21 強調引用者)。このように、語り手が幻視する二〇年ほど先のポストモダンの世界では、「荒野」は、自動車によって消滅しており、シミュレーションとしてのみ存在する。ルーシャスの語りの行為は、過去の行為の責任をとるという「紳士の掟」の実践であり、物語の時点では学べなかった消費社会について学習したことの証なのである。

さらに、作品冒頭に加えられた言葉は、本作の「二重の語り」の構造をさらに複雑なものにしている。本作は、一見ありふれた一人称小説のように思えるが、意外にも複雑な入れ子構造になっている。語りの現在である一九六一年、かつては少年だった主人公ルーシャスは六七歳になっている。この今では祖父になっているルーシャス・プリースト二世は、ありし日の祖父ボス・プリースト（一世）やまわりの人々について語るが、この思い出話を読者とともに聴くのは、冒頭の二語「おじいさんは語り始めた」を発する、孫のルーシャス・プリースト三世である。この人物は、時に聴き手として言及され――先ほどの「というのはお前たちだが」のように――、いわば想定された読者として機能する。一方、フォークナーのペルソナと想定される物語の語り手兼主人公のルーシャス・プリースト二世は、内包された作者ということになろう。しかし、効果はこれだけにとどまらない。冒頭二語によって、本当の語り手はルーシャス・プリースト三世かもしれない、という可能性が生まれるのである。つまり、一九八〇年頃になって壮年期になったこの三世が、祖父ルーシャス・プリースト二世から一〇歳の頃に聞いた話を、同じ年ごろになった自身の息子に、聞いたそのままに語っているのかもしれない。あるいは、二一世紀になって老年期になったこの三世が、また五五年ほどたってから、同じ年ごろになった自身の孫「ルーシャス・プリースト四世」に、聞いたそのままに語っているのかもしれない。フォークナーと同時代の読者は、この差延する語りによって、一九八〇年代以降という未来の世界だけでなく、プリースト三世が父親になった姿、祖父になった姿、さらには生まれているであろうプリースト四世の姿を、幻視することになるのである。

この過去から未来までをも内包する語り手は、主人公の成長と旅の旅程を二重写しに、プリースト一族の系譜と南部の変貌を紡いでいく。語り手は、主人公ルーシャスの成長を語りながらも、同時に南部社会の発展の道程を映し出すのである。つづいて、二重のプロットを辿ることによって、この成長物語におけるイニシエーションについて考察していこう。

二重のプロット

『自動車泥棒』は、ジェファソンの貸馬車屋からメンフィスの売春宿、パーシャムの競馬場へと移動する旅程がプロットとなっている。この空間移動は、象徴的に馬車の時代から自動車の時代への移行を表す。二〇世紀初頭、ボス・プリーストが言うように、時代の「動向《モーション》」を体現する商品は、馬から自動車へと変化した(41)。『自動車泥棒』においては、物語の進行は、この時代変遷と重なり合うのである。旅の出発地であるジェファソンの貸馬車屋は初期資本主義時代における南部を、メンフィスの売春宿は中期資本主義時代における南部を、到着地であるパーシャムの競馬場は後期資本主義時代におけるアメリカを表わす。[22] 語り手は、自身の消費社会へのイニシエーションと重ね合わせて、南部社会の高度消費社会への老成を描きだすのだ。

〈ジェファソンの貸馬車屋　初期資本主義時代の南部〉

物語冒頭の舞台は、プリースト一族が家族経営する貸馬車屋である。ここでの経済システムは、旧南部プランテーションの固定的ヒエラルキーを受け継いだものである。少年ルーシャスが貸馬車屋で働いているのは、「男というものは一一歳の若さでも、社会の（といっても、ミシシッピ州ジェファソンのことだが）経済の中で自分の占めている空間に対して、自分がふさいでる場所に対して［……］責任をとらねばならない」と父親が考えていたからである。ジェファソンにおいては、社会階層は固定されており、人々はその生まれつき与えられた地位においての「必要な経済活動」(4)を学ぶ。白人特権階級に属するルーシャスは、経営を世襲する将来に備えてお金の回収をする役割を担う。一方、黒人や混血の人々は、従業員《ウェイジ・ハンド》として、彼の手足となって働く。この与えられた場での個人の自助や勤労といった美徳は、社会の基本理念となっている。

ジェファソンの経済システムにおいては、白人特権階級の経済的利益よりもノブレス・オブリージュが優先する。ブーン・ホガンベックは「白人の重荷」の典型である。ネイティヴ・アメリカンの血をひく「知能は子供程度」(19)である彼は、白人家父長たちの庇護を必要とする従属的存在である。ブーンの面倒を見ることは、彼らにとっては慈善事業のようなもの――「一種の法人みたいなもので、われわれ三人が――マッキャスリンと、ド・スペインと、コンプソン将軍が――互いに均等に、だがまったく不明確に責任を分担していた一種の持株会社みたいなもの」、「相互に慈悲をほどこして保護する慈善団体のようなもので、そこから生まれる利益はすべてブーンのもので、相互責任と保護はすべてわれわれのもの」(18-19)――である。この経済システムは、旧南部時代の白人支配者階級の騎士道精神と温情をそのまま受け継ぐ、恩恵深い制度である。

だが、旧南部の「自然な」秩序を模倣したはずのジェファソンのヒエラルキーは、じつは巧妙な人種間交渉の結果、成り立っているものである。これは厩に存在する二つのピストルに体現されている。会社の「掟」によれば、経営者モーリー・プリーストだけがピストルを所有できる。限られた特権階級のみが独占するピストルは、権力や経済的優越を象徴する記号であり、ヒエラルキーを確固たるものにする。このことは、経営者と従業員の双方が「互いに紳士的に認めあっていた」(6) のである。しかし、その紳士協定にもかかわらず、黒人従業員ジョン・パウエルのピストルが厩に存在するのは、彼が「どうやってピストル代をかせいだか」を意図的に漏らすことにより、経営者一家と世間の「同情と理解」を得ることができたためである。ジョンのピストルは、自助と勤労によって勝ち取った父親からの経済的独立の証――「自分自身の時間に、規定外の仕事をやり、ついに二一歳の誕生日に、最後の一セントを父親の手に渡してピストルを受け取ったのだと、だからピストルは彼が一人前になったことの生きた象徴であり、二一歳になり、大人になったという、どう打ち消しようもない証拠」(7) ――である。ジョンは、社会が掲げる理念を逆手にとることによって、既存のヒエラルキーを転覆しかねないその凶器を厩に持ち込むことに成功する。この不都合な現実は、紳士間の取り決めによって見て見ぬふりがされている――「表向きは、それは存在しないことになっていた」(6)。

ところが、物語冒頭のエピソードは、主人公の旅の同行者となるブーン・ホガンベックが、この建前を見事に崩してしまうことを伝える。ブーンは、ピストルの象徴価値ではなく、本来の武器としての使用価値――「おれはルーダスを撃ち殺してやるんだ！」(5) ――をもちだすことにより、紳士の掟が、支配者側と被支配者側との交渉によって成り立っていることを暴き立ててしまう。「ジョンと父は、紳士協定という大伽藍がくずれ落ちてこなごなにくだけるあいだ、ほとんど一〇秒近くも互いに相手を見あっていた」(9)。結局、ブーンは至近距離から標的をねらっても命中させることができず、罪のない黒人少女をまきこんでの大騒動となる。事の顚末は「温情的」[23]に解決される。白人家父長たちは、娘に傷をつけた損害賠償として父親には一〇ドルを支払い、娘本人には新しい洋服とキャンディー一袋を渡すことで、すばやく決着をつけるのである（15）。こうして、ジェファソンの秩序は無事回復する。

とはいえ、このエピソードは、旧南部の封建的秩序を模倣しているはずのジェファソン社会が、農本主義を装った初期資本主義の社会であることを露呈させる。お金さえあれば、「下層階級」でも「特権階級」と同等の象徴的記号を手に入れることができるのである。二〇世紀初頭の南部においては、旧南部の農本主義は幻想として残っているだけである。このことは、貸馬車屋という商売にも象徴されている。ネッドが言及するように、貸馬車屋は「本物の馬」ではなく「たいそうな名前のついたやくざ馬」(117)を取り扱う。家畜化された馬は、アウラを纏った唯一無二の野生動物というよりは、交換可能な商品である。旅の出発地であるジェファソンには、来たるべき大量生産時代の兆しがみえているのである。

語り手は、ジェファソンとメンフィスとの途中にあるヘル・クリークを、「ほとんど原始的」(87)である自然と「文明」(92)との分岐点として提示する。ヘル・クリークの通行は、少年ルーシャスにとって、最初の通過儀礼となる。ルーシャスは、皆平等に通行料をとられることにより、資本主義経済が「カラー・ブラインド」(91)、すなわち年齢や人種の如何を問わない包括的かつ民主主義的な営みであると学ぶ。彼は、「紳士協定」の建前をとっぱらった剝きだしの資本主義の原理をつきつけられるのである。この分水域を超えることは、特権階級に属する彼が、ジェファソン的ノスタルジアから抜け出て、消費社会の現実を知ることを意味する。そして、彼の成長は、人種や家系ではなく金銭で定義される消費社会の成熟と同時に進行していくのである。

メンフィスへの大通りを走りぬける彼らの車は、一台の車とすれ違う。二台の車から立ち上る砂塵は、「未来の姿」――「癒やしがたい月賦購入の自動車熱や、機械化され、自動車化された、どう避けようもないアメリカの運命」(94)――を予告する。語り手は、自動車が一部の支配階級向けの希少品ではなく一般大衆向けの日用品となる近い将来を知っているからこそ、その姿を暗示する。ジェファソンの貸馬車屋から自動車に乗り換えて大都会メンフィスへと向うプロットは、南部の中期資本主義時代への道筋となる。

〈メンフィスの売春宿　中期資本主義時代の南部〉

メンフィスのミス・リーバの売春宿においては、旧南部の封建制度や農本主義は、パロディの対象としてかろうじて存在する。旧南部の騎士道精神は、たとえばルーシャスの「おじいさんの母親がおじいさんに教え、母が私たちに教えた」(100) マナーをオーティスが「猿真似」(102) できればいいのにとミス・リーバやエヴァビーが望む程度なのである。ここでは、オーティスがいうように、「驟馬《ジャック》」よりも「金銭《ジャック》」(141) がものをいう。「あのミニーの歯を考えてみな。あの歯だけでいくらの値打があると思う？　もしミニーが銀行へ行って、あれをはずしてカウンターの上において、これを金にかえておくれ、っていったらよ?」(142)。メンフィスの経済システムは、旧南部の「自然な」カースト的伝統よりも、商品の交換価値が生みだすヒエラルキーにならうのである。

ルーシャスは、この経済システムの申し子であるオーティスから「淫売稼業」(156)について学ぶが、それは商品の価値が現金との交換価値によって決定されるという資本主義の原則を学習することに他ならない。「商品」である女性たちは、身体の使用価値を売り物に、自身の労働とお金とを交換する。だが、女性の身体が、大量に消費され交換可能な複製品となるとき――「メンフィスじゅうの娘っ子が、部屋のあき次第はいりたがっている」(156)――商品の差異は解消し、労働力としての個人は交換可能な等価物となるのである。このことは、エヴァビーとブーンの関係にも表れている。「あいつが[……]おれの専属になるように金でやとわれているのは、ちょうどおれが、大旦那とモーリーの旦那の[……]専属になるように金でやとわれているのと同じなんだ」(197)。この論理によれば、ブーンもエヴァビーも労働力として交換可能な等価物であり、さらに敷衍するならば、モーリーに雇われているブーンとルーシャスも対等となるのである。

ルーシャスは、この売春宿で、女性の名誉を守るという騎士道精神からオーティスに対して素手での決闘を挑むが、オーティスのナイフにあえなく敗北する。旧南部的な道徳や騎士道精神は、この世界ではもはや何の役にも立たないのである。彼は、この疑似家庭空間において、貸馬車屋の空間が体現していたジェファソン的農本主義の幻想から覚め、複製技術時代における商品の民主主義的な交換原則について学ぶ。

以上のように、メンフィスの売春宿は、中期資本主義時代の南部を体現する。この時代においては、旧南部の「自然な」ヒエラルキーを模倣するという身振りは解消され、競争的民主主義が優勢となる。だからこそ、この売春宿には、すでに高度消費社会の兆しがみられる。

パーシャムに出発する前夜に行われたオーティスによる窃盗は、黒人女中ミニーの金歯がスペクタクル社会を先取りすることを露呈させる。彼女は、金歯を手に入れるために、「余分の仕事までしてうんと働き、貯金した」(200) という。しかし、この節約と勤勉という昔ながらの美徳は、使用価値のためでも交換価値のためでもなく、象徴的価値のために奉げられたものである。なにしろミニーは、食事中はそれをはずして眺めていたのである (201)。語り手によれば、彼女の金歯は、「ミス・リーバの黄色っぽい二箇のダイヤモンドをいっしょにしたよりももっと大きく見えるほど」であり、「金よりももっとたゆやかなゆたかなやわらかい光」(100) をもっている。彼女の金歯は、経営者ミス・リーバの富と権力を示す象徴的記号を凌駕する「差異表示記号」(ボードリヤール) となる。彼女の金歯の煌めきは、旅の終着点パーシャムに体現される高度消費社会アメリカの姿を予兆しているのである。

〈パーシャムの競馬場　後期資本主義時代のアメリカ〉

ネッドが自動車と馬とを交換したことに端を発して一行は、大都会メンフィスの売春宿から一転、「無垢な」片田舎へやってくる。この物々交換という原始的な取引といい、読者は、自動車の時代から馬車の時代へと、一昔前の時代に引き戻されたような感覚をおぼえるのである。ジェファソンからメンフィスへの道中、自動車の窓は、都市の発達が農村社会を消滅させていく様子を走馬灯のように照らし出した。「それから田舎はすっかり消えてしまった。もはや家や仕事場や商店のあいだの間隔がなくなり、すると突然眼の前に、中央に電車の線路のある、並木の植えられた、整然とした広い大通りが現れた」(95)。ところが、ここにきて一行は、姿を消してしまったはずの牧歌的な田舎を目にする。「そのころは、いくらも時間がかからずに、町を通り抜けられたのさ――だって、そこは小さな村で、鉄道が交叉しているところに二、三軒の店があり、それから駅と荷物を積む傾斜ホームと、貨物置き場と、棉の梱包を積むプラットフォームがあるだけだったからな」(166)。パーシャムの中心的存在は、「大きな家で、円柱と柱廊玄関と形式ばった庭園と厩と［……］馬車小屋と、以前黒人奴隷の住居として使われていた小屋がついていた――つまり、それが(現在も残っている)パーシャム屋敷で、その名前を町や近在や［……］何人かの住民にまでつけさせた人間、というより一族の農場の跡」(281)である。この旧南部プランテーションの名残である「テネシー州の独立国ポッサム」(243)に君臨するのは、「貴族であり、豪族であり、宗主でもあるリンスコム大佐」(234)である。このように、パーシャムは、旧南部の「自然な」封建秩序をそのまま現代に受け継いだ世界のようにみえる。

だが、この前近代的な田舎村は、冬になれば様相を一変させる。うずら猟や猟犬競技の数週間は、「にわか景気でわきかえり、従業員もそろっていれば、上品でもあり、空気そのものまでが気持ちよくて、金の音を鳴り響かせており、色とりどりのリボンもばらまかれていれば、銀杯が散乱してもいた」(194)。毎年、この小さな村に石油や小麦やウォール街の富が流れこみ、人びとは、スーパーリアルな「狩り」のスペクタクルに熱狂するのである。つまり、パーシャムは、旧南部の仮面の下から、高度消費社会アメリカのスペクタクルを顕現させるのだ。

パーシャムにおけるヒエラルキーは、旧南部の古典的秩序によってではなく、消費によって創出される。リンスコム「大佐」がこの田舎村の君主たり得るのは、彼の財力がなせる業である。彼はパーシャム農園を世襲したわけではない。弁護士でもあり馬主でもある彼の財力は、少年ルーシャスの視線をとおして詳細に読者に伝えられる。

リンスコム大佐の消費スペクタクルは、目にする者の消費欲望をかきたてる。白い柵でおおわれた競馬場は、「金持ちっていうものはいいものだと思わせる」見世物的価値がある。大佐が個人所有する厩は、プリースト家が「商売用」に所有するものと「同じくらい大きく、それよりもずっときれい」(226)である。リンスコム大佐の客間は、「これまで見たこともないほど立派な部屋」であり、そのインテリアは、「労働、余暇、自然、文化等」[24]が均質に溶けあったショーウィンドウ的な空間である。本棚には職業的知識や権威を示す「法律書」と「農業や馬に関する文書」が並べられており、ガラスケースには、自然や余暇を想起させる「釣り竿」「猟銃」が陳列されている。「フランス窓」「ばらの花園」「葉巻と酒びん」は、文化的教養や社交への精通を示す。絵画やオブジェの代わりに飾られるのは、彼に巨万の富をもたらした競走馬の勝利を記念する品物である――「ばらの花輪」、「勝った日付のついた馬や騎手の写真」、そして「名馬マナサスのブロンズ像」。この見世物的空間は、大佐の特権的地位が消費によって形成されたことを見せつけ、少年ルーシャスに「おじいさんもこんな部屋を造ればいいな」(284)という気持ちを抱かせるのである。南部紳士であるはずの「大佐」は、高度消費社会を体現する人物である。

だからこそ、リンスコム大佐の競馬場には、リベラル・ヒューマニズムと消費社会とが結束したアメリカの姿が現れる。語り手によれば、そこは独立宣言に保障された不可侵の権利――生命と自由と幸福の追求――を実現した理想空間である。この競馬は「民主主義の現われ」であり、「もっとも純粋な形の、自由意志と選挙民の意思と選択権を重んじる個人企業」(234)のようなものである。この空間においては、白人も黒人も、「わが国を現在の姿にしている自由意志と個人企業の自由という憲法上の不可譲の権利」(215)を平等に行使できる。リベラル・ヒューマニズム的価値と資本主義的価値とが充塡された競馬という見世物的光景は、後期資本主義時代におけるアメリカ消費社会を映写する。

このスペクタクル社会は、ネッドが物々交換する馬にも象徴されている。ネッドの方便によれば、馬ライトニングは、ボス・プリースト同様、ジェファソン的農本主義を体現する――「大旦那が好きなのは馬なのさ――といっても、お前さんやモーリーの旦那があの貸馬車屋で持っているような、たいそうな名前のついたやくざ馬じゃなくて、本物の馬さ」(117)。だが、この「本物の馬」は、実際のところコパーマインという馬名をもった大衆向けの娯楽商品である。見世物としての馬の価値は、移動手段の供給という使用価値によってではなく象徴価値によって決定づけられる。一度も勝ったことのない馬に賭けることは、西部開拓やゴールドラッシュのシミュレーションとなる。人々は、アメリカン・ドリームを夢見るためにお金を賭けるのだ。この経済システムにおいては、馬という商品の価値は、語り手が批判する高度消費社会における自動車と同様、見世物的な象徴価値へと転換している。競走馬は、旧南部の農本主義を体現するのではなく、高度消費社会アメリカを象徴する。

この旅の終着点において、主人公ルーシャスの消費社会へのイニシエーションは頓挫するかのようにみえる。ネッドの指導により、彼は競馬レースに参戦するが、途中で白人家父長たちに介入される。競馬場での騒動を解決するのは、リンスコム大佐、馬主ヴァン・トッシュ、そしてボス・プリーストである。「明らかに同じくらいの支払い能力がある」（268）三人の登場により、競馬場の秩序は回復する。その場をおさめるのは、少年の祖父である――「諸君、私が一つの解決法を提案しよう。」これは、騎士道精神と温情にあふれた旧南部の復権に見えるが、彼は銀行家として「未交付捺印証書」（あずかり勝負）を提案する（269）。白人家父長たちは、リベラル・ヒューマニズムと結託した資本主義を代表する。

この白人家父長たちと交渉するのが、ネッドである。作品の大団円で明らかになるのは、このレースは、いとこのボボを助けるためにネッドが仕組んだものであったということである。ネッドは、白人家父長たちに従順に従いながらも、彼らがノブレス・オブリージュを果たさなかったことを指摘する（289）。ネッドは、責務よりも利益追求が優先することを暴き立てるのである。きわめつきにネッドは、家父長たちのマネーゲームに乗じて、ボス・プリーストには損をさせておいて自分はまんまと金を儲けるという反逆行為を行うのである。

こうして、ボス・プリーストとネッドとの間で、主人公ルーシャスは消費社会へのイニシエーションを完了させる。語り手は、主人公のイニシエーションになぞらえて、南部の消費大国アメリカへの参入を描き出す。小都市ジェファソンから大都市メンフィスへと向かう最初の旅程は、ルーシャスのジェファソン的幻想からの脱却に重ね合わせて、南部の初期資本主義時代から中期資本主義への移行を象徴的に描き出す。旅の終着点パーシャムでは、後期資本主義時代におけるアメリカのスペクタクル社会が顕現する。つまり、成長して語り手となったルーシャスは、資本主義のもとでの自由意志と民主主義を礼賛しておきながら、その仮面の下にある高度消費社会のスペクタクルを暴き出してもいる。『自動車泥棒』には、リベラル・ヒューマニズムへの迎合と攪乱とが見出されるのである。

老いの仮面

『自動車泥棒』の語り手ルーシャスを通して我々が幻視する作家像は、若者に知恵を授ける老賢者の姿である。しかし、その作者のペルソナからは、支配的な文化イデオロギーへの迎合と攪乱との両方が見えてくる。そして、それは主人公と語り手との狭間から見え隠れする。

主人公は、旧南部の騎士道精神と道徳を有する「生まれながらの貴族」である。たとえば、ルーシャスがパーシャムの競馬レースに参戦するのは高貴な使命を負ってのことである。彼は、「われわれ全部の――もちろんブーンとネッドの――運命を背負って」、レースに臨む。少年はノブレス・オブリージュを果たすためにレースに参加するのである。そのため、彼は金儲けやペテンに荷担しながらも、清廉潔白である――「とにかく、私は金のためにああしたことをやろうとしたのではなく、金はまったく眼中になかったが、一度やりだした以上、私はやりつづけ、やり終えずにはいられなかった」(279)。自動車を拝借したことは、ルーシャスにとっては「自由意志」の行使であり、その責任を負うために競馬に参加したのである。こうして少年は、旅をとおしてボス・プリーストの「紳士の掟」、すなわち自分の行為の責任をとることを実践的に学びとる。主人公ルーシャスは、ブルジョワ的リベラル・ヒューマニズムを後押しするのである。

ところが、語り手ルーシャスは、主人公のノブレス・オブリージュが自己欺瞞であったことを孫（読者）に隠し立てせずに正直に話す。語り手は、ネッドとブーンに対する温情的な家父長的責務は、「一一歳の少年が引き受けるにはもともと無理な、難しいものだった」（224）と言ってのける。少年であった当時ですら、彼は自分がネッドの手の内で踊らされていたに過ぎないことに気づいていたのである。「実のところボボが自動車を持っているのかも知れないと思った。だが、その考えは間違いだった。［……］だがそのときふと、それが間違っていると思うのは、自分がそうあってもらいたくないと思っているからだ、ということに気づいた」（229）。語り手は、白人支配階級が支持するノブレス・オブリージュの実態について、読者に対してひそかに目配せしている。「もしも、ライトニングと私が［……］ブーンとネッドを守ってやる、最後の、必死の防壁でないとしたら、もしも、レースに勝つことどころか、それをやらなくとも、ネッドとブーンが［……］ふたたび仕事につくことができるとしたら、われわれすべては、まるで**子供の泥棒ごっことたいして変わらない、一つの芝居を演じていた**ことになっただろうからな」（229 強調引用者）。しかしながら、彼らはまさに「一つの芝居」を演出していたのである。

こうして、語り手は、生まれながらの紳士たる主人公を表看板にしながら、そのパフォーマンスについて自己言及する。語り手が孫（読者）に授ける真の教訓は、次のようなものである。「私のいいたいのは、私たちはその土手のうしろに踏みとどまる必要はなかったかも知れないのに、そうしたということなのだ。つまり、紳士は［……］自分の嘘は最後まで守りとおすものだということさな」（304）。「自分の嘘は最後まで守りとおす」――これこそが、語り手のいう紳士の掟である。彼は、資本主義文明のもとでの自由意志の行使というリベラル・ヒューマニズムのヒロイズムを表向きは支持しながらも、裏ではそれに迎合する自身のパフォーマンスにも言及しているのである。

以上みてきたように、『自動車泥棒』における語り手の「賢明なる老人」としてのパフォーマンスは、教養ある一般大衆を育てるというアメリカの国家理念となったブルジョワ的リベラル・ヒューマニズムを体現する存在として家畜化《ドメスティケート》／教化された「国民作家」フォークナーのパフォーマンスと重なる。リベラル・ヒューマニズムに表面上は迎合しながら、裏側では、この支配的文化イデオロギー／啓蒙主義的イデオロギーが隠蔽する消費社会のスペクタクルを暴きたてる。老境のメモワールとは、高度消費社会アメリカの主力商品となった作家の最後の抵抗ではなかったか。柔和な老いの幻影から見え隠れするのは、したたかな計算のもと交渉するモダニスト作家の晩年における生存戦略である。

註

（1） Faulkner, *Selected Letters of William Faulkner* 320-21. 本書第二章も参照。
The Reivers からの引用の邦訳は、『自動車泥棒――一つの思い出』高橋正雄訳（冨山房、一九七五年）によるが、文脈によって一部変更を加えた。

(2) Wells 64-65.
(3) Rollyson 519.
(4) Williamson 262.
(5) Cowley, *Faulkner-Cowley File* 14.
(6) Blotner, *Faulkner: A Biography*. 2 vols. 1793.
(7) Faulkner, *Selected Letters of William Faulkner* 123.
(8) Faulkner, *Selected Letters of William Faulkner* 123-24.
(9) Faulkner, *The Reivers* 302. 以下、本章における同テクストからの引用は本文中の括弧内にページ数のみを記す。
(10) たとえば、ドリーン・ファウラーは祖父の金言にフォークナーの世界観の変化をみる。すなわち、初期作品の「絶望と人間存在の否定」から「希望と人間のコミットメント」への移行である（Fowler 74-75）。また、吉田迪子は、祖父の言葉が「フォークナーの最終的な人生観を代表する」とする（Yoshida 210）。
(11) Rossky 261, 264, 268.
(12) Railey 170, 172-73.
(13) Matthews 279.
(14) Wittenberg 218.
(15) Urgo 32.
(16) テレサ・タウナーは、ネッドが作品の中心にある隠された人種ジレンマを暴き立てる役割を果たすと指摘する（Towner 46）。
(17) Ziegler 121.
(18) Railey 169-70; Ziegler 122.
(19) Koyama 237.
(20) 語り手の指摘は、消費社会の発達に伴い、商品の価値は使用価値から象徴的価値へ転換したとするジャン・ボードリヤールの理論と同趣旨である。『消費社会の神話と構造』において、ボードリヤールは洗濯機や自動車といった商品が道具としてではなく幸福や権威といった差異表示記号として機能する現代社会を論じる。

(21) 語り手がフォークナーのペルソナであるという感覚は、ウィリアム・ロスキーによれば、自伝的要素、自作品の登場人物や出来事の再登用、老人の回顧的語りから生まれる (Rossky 262-63)。

(22) この時代区分は、ボードリヤールの用語でいえば「模造」の時代、「生産」の時代、「シミュレーション」の時代にそれぞれ対応する（『象徴交換と死』一一八）。模造の時代では、シミュラークルは「自然」のコピーであるかのような「自然らしさ」を帯びる。生産の時代、シミュラークルはオリジナルの複製を大量生産する。現代においては、シミュラークルは、大量生産可能であるという認識のもとで、オリジナルなきコピーのコピーを創出する。

(23) Urgo 28.

(24) ボードリヤール、『消費社会と神話の構造』一六。

終章

死に向かって「否」と告ぐ　フォークナーの晩年様式《レイト・スタイル》

テレビ番組『オムニバス』

一九五〇年一一月一〇日、ある作家のノーベル文学賞受賞の快挙を告げる一本の電話が鳴る。知らせを受けた『オクスフォード・イーグル』紙の編集者フィル・マレンは、いち早く特集記事の申し込みのためにミシシッピ州ラフェイエット郡オクスフォード所在の作家の自宅に駆けつける。室内に設置されたカメラが映し出すのは、玄関をあけて迎える身なりのよいロマンス・グレイの初老紳士の後姿である。二人のソファでの会話シーン。マレンの申し出に対し、「私生活、自宅の内部、家族が、私の著作とノーベル財団に関わりがあるとは思えないよ」と作家は気乗りしない様子を見せる。結局、説得に応じた後で、彼はカメラに向かっておもむろに付け加える――「ただし、写真撮影はお断りだ」(1)。

このテレビ番組にありがちな「再現ドラマ」の中で受賞作家の役柄を演じるのは、パブリシティ嫌いで有名なウィリアム・フォークナーその人である。撮影は、一九五二年一一月にオクスフォードで行われた(2)。そして迎えた一九五二年一二月二八日、日曜日の東部時間午後四時、CBSチャンネルのテレビ番組『オムニバス』(ファースト・シーズン、第八エピソード)は、四番目のアメリカ人ノーベル文学賞受賞者となった作家の、知られざる「私生活、自宅の内部、家族」を全米四〇〇万の視聴者に届けた(3)。

著名なフォークナー研究者ノエル・ポークは、このマス・メディアによるフォークナーの「主流化」に注目し、それがモダニスト作家フォークナーを支配的な消費文化に迎合させるイデオロギーとして機能していたことを正しく指摘する一方、作家自身がその荷担を楽しんでいるようにさえ見えることには困惑を隠さない(4)。ここでのポークは、フォークナーと消費社会との共犯関係にうすうす感づいているといえるのだが、あくまでもフォークナーのことを作品や実生活において消費文化やその商業的価値を「拒否し続けた」作家だと評価するが故に、彼の商業的行為への荷担を「矛盾」と捉える(5)。しかしながら、この批評的判断の前提となっているフォークナーと大衆商業性との対立は成立しえない。一九五〇年以降の後期資本主義時代、モダニストと消費社会とは協働関係にあったのだ。

そもそも、一九五二年から一九六一年まで続いたテレビ番組『オムニバス』自体が、この時代におけるモダニズムの教養化を体現している。「サムシング・フォー・エヴリバディ」という司会者アリステア・クックの呼びかけ通り、番組が取り上げたテーマは芸術、科学、政治、スポーツと多岐にわたった。レナード・バーンスタイン、ジェイムズ・ディーン、フランク・ロイド・ライト、ジョン・F・ケネディ――番組に登場したセレブリティのほんの一握りを挙げるだけでも、そのリベラル・ヒューマニズム的スタンスは明らかであろう。フォード財団に支えられた『オムニバス』は、商業放送にて毎週九〇分間、教育と娯楽とを兼ね備えた国民的教養番組としてアメリカ市民を啓蒙した。モダニズムは、高級文化としての外見を保ちつつもエンターテイメント業界の主翼を担い、大衆に消費される大量生産商品となっていたといえる。ノーベル賞作家フォークナーは、教養ある者の嗜好品としてマス・メディアの恰好の標的だった。一方、一九四〇年代には、ほぼすべての著作が絶版という憂き目にあっていたフォークナーにとって、これは歓迎すべき現象であったのだろう。一九五〇年以降、後期モダニズムと消費社会とは、リベラル・ヒューマニズムの旗印のもとで手を携えて発展したのである。

そして、興味深いことに、フォークナー主演の『オムニバス』映像は、リベラル・ヒューマニズムを再生産しつつも、モダニスト作家と消費社会との共犯関係を自己開示している。映像は、表面上シリーズ全編に通底する啓蒙主義を支持する。俳優フォークナーは、自身の芸術活動と日常生活との線引きを主張して、モダニスト作家たる高尚さを保つ。同時に映像は、彼が私生活においては、気さくに皆と言葉をかわす親しみやすさも持っていることを演出する。かくして映像のフォークナーは、ポークいわく「万人の理想的な祖父のイメージ」(6)となる。とりわけ、次のハイライト場面において、教育的かつ政治的配慮は明らかだ。一九五一年の娘ジルの高校卒業式での祝賀スピーチの再演において、フォークナーは「年長者」として、冷戦期の核の恐怖と全体主義の脅威にさらされている全米の若者たちに向けて語りかける――「一人の個人として、諸君、君たちは世界を変えるだろう」(7)。わずか一八分間の映像は、こうして個人主義にもとづいた人類の普遍性を説く。映像が提示するのは、ブルジョワ的リベラル・ヒューマニズムを若者に教示する老賢者の姿である。

ところが、同時にこの映像には、「無垢な」作家の消費社会へのイニシエーションを見世物にしておいて、そのスペクタクル性を見せつけるというポストモダン的自己言及の手法が見出される。フォークナーとジャーナリストのやり取りは、受賞を機に突然国内でのフォークナーへの関心が高まり、フォークナーに関するものすべてがプレミア的商品価値を帯びるという、消費社会におけるモダニズム商品化の過程をクローズアップする。フォークナーのセリフは、まさにその結果として私的領域――「私生活、自宅の内部、家族」――をカメラの前で公開するはめに陥っていることについての読者に対するメタ的な目配せである。フォークナーの意識的なパフォーマンスは、モダニズム成立の前提となる芸術創作と商業行為との距離を解消する。

この「ドキュメンタリー」映像は、後期資本主義時代におけるモダニズムと消費社会との複雑に絡み合った共謀関係を見事に戯画化している。主演フォークナーは、表向きは国家理念リベラル・ヒューマニズムを後押ししながらも、その理念が隠蔽する高度消費社会のスペクタクルを露出させている。映像には、支配的な文化政治学への迎合と自己暴露による攪乱という奇妙な共存がみとめられるのである。この手法は、テレビ映像から遅れること一〇年、フォークナーの遺作に引き継がれる。テレビ番組『オムニバス』の老賢者の姿は、遺作『自動車泥棒――ある回想』に見いだされるフォークナーの自己ペルソナ「賢明なる老人」(本書第七章参照)を先取りしているのである。

モダニズムの晩年

『自動車泥棒』が出版された一九六二年、ポストモダンのイコン的存在となるアンディ・ウォーホルは、同年八月に死去したハリウッド女優マリリン・モンローの顔写真を転写した作品を世に送り出し、一躍ポップアート界の寵児となった。アメリカの日常生活に溢れている大量生産商品――エルヴィス・プレスリー、コカ・コーラ、キャンベル・スープ、ミッキーマウスなど――の写真を複製可能なシルクスクリーンに写す技術は、ボードリヤール流シミュラークル世界を（再）現前させる、まさにポストモダンの誕生を宣言するのにふさわしい手法であったといえよう。芸術と日常生活との距離を完全に解消するウォーホルの空虚な引用は、芸術作品の自律性に依拠するモダニズムの権威性／作家性《authority》を嘲笑する皮肉さえ欠如していた。

そのような時代、モダニズムは「時代おくれの昔のもの」になってしまっていた。若かりし頃の挑戦や実験が陳腐で凡庸なものになってしまった時代、モダニズムの行き着くところは円熟か、それとも老衰か。フォークナーが遺作において選択した手法は、そのどちらにも回収されない新たな方向性を示している。

一九五二年に『オムニバス』において全米の視聴者にむけて「万人の理想的な祖父」を演じたフォークナーは、一九六二年の『自動車泥棒』において世界の読者に対して「祖父」を意識的に演じた。「ヴィクトリア、マーク、ポール、ウィリアム、バークスへ」――『自動車泥棒』に掲げられた五人の実孫への献辞は、作品の語り手である「おじいさん」とフォークナー自身の姿とを重ね合わせる装置である。そして、フォークナーは、遺作においてもリベラル・ヒューマニズムに迎合しながら、啓蒙主義的イデオロギーが隠蔽する高度消費社会のスペクタクルを浮かびあがらせる。フォークナーの手法は、モダニズムの高度消費社会との交渉をあぶりだす。

このような『自動車泥棒』に見出されるのは、社会との和解という円熟でも、旧南部への退行という老衰でもない。柔和な「老い」の仮面をつけて、したたかに交渉する狡猾な老人の姿である。「サムシング・ニュー」を求めるモダニズム的視線とは異なり、フォークナーが遺作で見せた回顧／懐古的な眼差しは、加齢のせいで旧南部神話に回帰したという誤解を招いた。いや、それこそがフォークナーの狙いだった。レトロスペクティヴな身振りの背後には、「国民作家」として飼い馴らされたふりをしながら自己のパフォーマンスに際限なく自己言及するゲリラ的戦略が隠されている。われわれは、フォークナーが映し出す甘美なレトロ・スペクタクルに幻惑されてきたといえよう。

『自動車泥棒』の語り手は、五六年前の出来事を回想する。一九五二年の『オムニバス』映像が、二年前という近い過去を再現することによって何とか「ドキュメンタリー」の体面を保っているとすれば、一九六二年の『自動車泥棒』においては「ドキュメンタリー」は「身振り」として残っているだけである。作品の「語り」の構造は、リアリズムの伝統に倣いながらも到底リアリズムではありえないことを読者に知らしめる。『自動車泥棒』の世界は、南部神話喪失のリアルな認識にもとづいたシミュレーションである。たとえば、語り手は南部の「失われた大義」について次のように述べる――「私が長生きすればするほど、お前の未婚のおばさんたちとは逆に、それを失ったものがだれであれ、とにかくわれわれではなかったと、いよいよ確信しているあの大義」[8]。リオタールが『ポストモダンの条件』で指摘したように、現代では「失われた物語に対するノスタルジアをほとんどの人が失ってしまった」[9]。「大きな物語」への疑惑が確信に変わった時代において、フォークナーは、ジェファソン的理想の神話性をはっきりと認識したうえで、見せかけのノスタルジアをもって「理想郷」を（再）現前させ、そのスペクタクル性を暴くのである。フォークナーが描きだす南部風景は、モダン以前への回帰とポストモダンの先取りに特徴づけられている。そして、本書がみてきた後期作品群――「ミシシッピ」（第二章）、『尼僧への鎮魂歌』（第三章）、「南部の葬送」（第四章）、『寓話』（第五章）、『町』と『館』（第六章）、『自動車泥棒』（第七章）――は、過去作品との弁証法的な間テクスト性のうちに、このことを顕著に示す事例となっているのである。

モダンの終焉をひしひしと感じとっていた後期資本主義時代、モダニズムは、ポストモダンのように意図せずモダンに終止符をうつのではなく、あえて意図的にモダン以前の「失われた時」に退却して遡及的に系譜を紡ぐ。フォークナーの後期作品群は、モダニズムの晩年における線香花火のような最後の抵抗の煌めきをみせる。フォークナーの晩年のスタイルとは、もはや時代遅れになってしまっていたモダニストの生存戦略であったのではないだろうか。

作家の生

作家フォークナーにとって、生を生きることと生を書くこととは同義であった。

五〇年代以降のフォークナーにとって、創作は死を寄せつけないための方法であった。一九五三年のジョーン・ウィリアムズへの手紙において、書くことは「この世で死に向かって「否」と告げる唯一無二の方法」[10]であると綴っている。一九五四年、ランダムハウスから出版された『フォークナー・リーダー』の序文において、フォークナーは、書くことの目的を「人の心を元気づけるため」とし、それは「完全に利己的で、完全に個人的なもの」であるとする。なぜなら、「そうすることで彼は死に向かって〈否〉と言えるからだ。元気づけたいと願った人々を介して、彼は彼自身のために死に向かって〈否〉と告げる」と、[11]書くことは死に抵抗することだと述べている。一九五五年、ジーン・スタインによる『パリ・レヴュー』のインタビューにおいては、「すべての芸術家の目的は、書くことの目的は、変わりゆく生の刹那をとらえて読者に見せることだと述べている。「すべての芸術家の目的は、人工的な方法で、動いているもの、つまり人生（life）ですが、それをとどめること、それを固定して見せることです。そうすれば百年後、誰かがそれを見れば、それは生命（life）ですから、ふたたび動きだすのです。」そして、そうした作品は芸術家の存在証明として機能し、それこそが人間のもつ死という避けがたい運命を超越する方法なのだと結論づける——「人間は死すべき存在ですから、彼にとって唯一可能な不死とは、常に動きだす不滅なものを後に残すことです。これは、芸術家が、最終的に避けることのできない、いつか必ず通るべき忘却の壁に『自分はここにいた』と書いておく方法なのです」。[12]残りの人生を賭して自己と世界に関する物語を語ろうとしていたフォークナーにとって、メモワールとは、「自分はここにいた」と人々の記憶に自らの生を刻み込むライフ・ライティングであったのである。

ライフ・ライティングとは、マーリン・カーダールによれば、作家の個人的な経験あるいは人生から書かれた記録あるいはその断片であり、その主題となるのは「人生」あるいは「自己」である。[13] しかし、ポール・ジョン・イーキンによれば、ライフ・ライティングとは、自己の人生に関する著作を記す行為だけにとどまらない。イーキンは、自己について物語る行為は、より大きな一生涯にわたって続く日常生活における自己語りによるアイデンティティ形成という現象の一部であると唱える。[14] 我々は、生涯にわたって自己の物語を語り続けることによって自己のアイデンティティを刷新し続ける。人生とは、この絶え間のない自己語りの総体なのである。

　上述のイーキンは、身体感覚を失くした患者が自己の存在がわからなくなると同時に近親者の記憶を喪失した症例を挙げ、人間の意識のなかで自己、記憶、身体が三位一体の構成物となってアイデンティティを形づくっているのではないかと仮定する。[15] もし、イーキンが想定するように、アイデンティティの感覚が記憶や身体と密接に結びついているならば、五〇年代以降の記憶障害や身体能力の低下は、フォークナーに自己の物語の書き換えを迫っただろう。実際、フォークナーが最も心配して医師に訴えた自覚症状は、「一時的記憶喪失《ブラック・アウト》」と「性格変化」であった。[16] 後期作品において自己を語る行為は、日常生活における作家の老いの意識——自己、身体、記憶の総体から生じるアイデンティティの揺らぎ——と密接に結びついていた。

　フォークナーの〈レイト・スタイル〉と本書が結論づけるメモワール形式は、人生回顧と回想という過去を振りかえる二重の視点が用いられることにより、全体をかたちづくる伝記的な成長物語《ビルドゥングスロマン》と細部を構成する自伝的なエピソードとが融合した作品構造をもつ。この老年期における記憶作業を文学形式に転化した構造は、作品様式がフォークナー自身の老年期におけるアイデンティティの問題と根源的に繋がっていたことの証である。メモワール形式は、記憶障害や身体機能の低下による日常生活における老いの意識と創作活動における精神的不安とが表裏一体となって生まれたライフ・ライティングであったのだ。

つまり、フォークナーの〈レイト・スタイル〉は、五〇歳を契機とした自己葛藤のうちから生まれたといえよう。後期作品における自己語りは、若き頃の審美的な形式上の実験とは異なり、より根源的な欲求に基づいていた。それは、実生活におけるアイデンティティ再構築の一環であった。老人特有の過去への回帰を表現する新しい文学形式の模索は、老いゆく自分を客観視し、アイデンティティを刷新する必要性から生まれたのである。つまり、フォークナーがペルソナによって自己と世界を物語る行為は、老境の作家が、老いていく自己と変わりゆく世界と折り合いをつけるものでもあったのである。だが、その行為は必ずしも消極的なものではなかった。フォークナーは、老いゆく自分を語り、作品に新たな命を吹きこんだ。彼の〈レイト・スタイル〉とは、人生を書くことにより生命を宿らせるライフ・ライティングであったのである。

さて、フォークナーは、作家としての不死を手に入れただろうか。一九五三年、友人ロバート・リンスコットの農園にて、書棚に並べられた自分の著作に指をはしらせたフォークナーは、呟いた。「一人の人間があとに残す記念碑としては悪くない」[17]。だが、そのときフォークナーは到達点にいたのではなく通過点にいたのだから、正確には、足跡としては悪くない、と言うべきだったろう。なぜなら、数年後、『館』においてこう書くことになるからだ――「記念碑は**俺は、ここまで来た**としか言わないけれど、足跡は**俺がふたたび動き出したとき俺がいたのはここだ**って言っているんだ」。[18]

後世に遺された後期小説群は、あまたの批評家たちがまだフォークナーの足跡を追いかけているに過ぎないことを物語っている。

註

（1）『オムニバス』（*Omnibus: American Profiles*, 2011）、「ウィリアム・フォークナー」（"William Faulkner"）三分五五秒–五分二三秒。

（2）『オクスフォード・イーグル』（*Oxford Eagle*）、一九五二年一一月一三日付けの記事を参照（高橋　一三四–三五）。

（3）Browne and Browne 589.

（4）Polk, *Children of the Dark House* 243, 244.

（5）Polk, *Children of the Dark House* 243, 244.

（6）Polk, *Children of the Dark House* 243.

（7）Faulkner, *Essays, Speeches & Public Letters* 124.

（8）Faulkner, *The Rievers* 234.

（9）Lyotard, *The Postmodern Condition* 41.

（10）Blotner, *Faulkner: A Biography*. 2 vols. 1461.

(11) Faulkner, *Essays, Speeches & Public Letters* 181.
(12) Stein 253.
(13) Kadar 152.
(14) Eakin 101.
(15) Eakin 19.
(16) Blotner, *Faulkner: A Biography*. 2 vols. 1452.
(17) Blotner, *Faulkner: A Biography*. 2 vols. 1472.
(18) Faulkner, *The Town* (1957. Vintage, 1961) 29. 強調引用者。

引用文献

Agee, James, and Walker Evans. *Let Us Now Praise Famous Men: Three Tenant Families.* 1941. Houghton Mifflin, 2001.

Bair, Nadya. *The Decisive Network: Magnum Photos and the Postwar Image Market*. U of California P, 2020.

Bassett, John. *William Faulkner: The Critical Heritage*. Routledge and Kegan Paul, 1973.

Bezzerides, A. I. *William Faulkner: A Life on Paper*, edited by Ann J. Abadie, UP of Mississippi, 1980.

Blotner, Joseph. *Faulkner: A Biography*. Random House, 1984.

———. *Faulkner: A Biography*. 2 vols. Random House, 1974.

———, editor. *Selected Letters of William Faulkner*. Random House, 1977.

Brodsky, Louis Daniel. "Faulkner's Wounded Art: The Aftermath of Hollywood and World War II." *Faulkner Journal*, vol. 2, no. 2, 1987, pp. 55-66.

Brodsky, Louis Daniel, and Robert W. Hamblin, editors. *Faulkner: A Comprehensive Guide to the Brodsky Collection, Volume II: The Letters.* UP of Mississippi, 1984.

Brooks, Cleanth. *On the Prejudices, Predilections, and Firm Beliefs of William Faulkner*. Louisiana State UP, 1987.

Broughton, Panthea Reid. "*Requiem for a Nun*: No Part in Rationality." *Southern Review*, vol. 8, no. 3, 1972, pp. 749-62.

Browne, Ray Broadus, and Pat Browne, editors. *The Guide to United States Popular Culture*. University of Wisconsin P, 2001.

Campany, David. *Walker Evans: The Magazine Work*. Steidl, 2014.

Cole, Sarah. *Modernism, Male Friendship, and the First World War*. Cambridge UP, 2003.

Cowley, Malcolm. *Exile's Return*. 1934. Viking, 1951.

———. "An Introduction to Mississippi." *Holiday*, April 1954, p. 33.

———, editor. *The Faulkner-Cowley File: Letters and Memories, 1944-1962*. Viking, 1966.

———, editor. *The Portable Faulkner*. Viking Press, 1946.

Douglas, Ellen. "Faulkner in Time." *A Cosmos of My Own*, edited by Doreen Fowler and Ann J. Abadie, UP of Mississippi, 1981, pp. 284-302.

Doyle, Don H. *Faulkner's County: The Historical Roots of Yoknapatawpha*. U of North Carolina P, 2001.

Eakin, Paul John. *Making Selves: How Our Lives Become Stories*. Cornell UP, 1999.

Eddy, Charmaine. "Labor, Economy, and Desire: Rethinking American Nationhood through Yoknapatawpha." *Mississippi Quarterly*, vol. 57, no. 4, 2004, pp. 569-91.

Evans, Walker. *American Photographs*. 1938. The Museum of Modern Art, 2011.

———. "Faulkner's Mississippi." *Vogue*, Oct. 1948, pp. 144-49.

Faulkner, William. "Appendix: The Compsons." *The Portable Faulkner*, edited by Malcolm Cowley, revised ed., Viking, 1967, pp. 632-47.

———. "Barn Burning." *Collected Stories of William Faulkner*. 1950. Vintage, 1977, pp. 3-25.

———. *Early Prose and Poetry*, edited by Carvel Collins, Little, 1962.

———. *Essays, Speeches & Public Letters*, edited by James B. Meriwether, Random House, 1965.

———. *A Fable*. 1954. Vintage, 1978.

———. *Father Abraham*, edited by James B. Meriwether, Random, 1983.

———. *Faulkner in the University: Class Conferences at the University of Virginia, 1957-1958*, edited by Frederick L. Gwynn and Joseph L. Blotner. 1959. U of Virginia P, 1995.

———. *The Hamlet*. 1940. *The Corrected Text*. Vintage, 1991.

———. *Lion in the Garden: Interviews with William Faulkner 1926-1962*, edited by James B. Meriwether and Michael Millgate, Random House, 1968.

———. *The Mansion*. 1959. *William Faulkner: Novels 1957-1962*. Library of America, 1999, pp. 327-721.

———. *The Marionettes*, edited by Noel Polk, UP of Virginia for the Bibliographical Society of the U of Virginia, 1977.

———. "Mississippi." *Encounter*, October 1954, pp. 3-16.

———. "Mississippi." *Essays, Speeches & Public Letters*, edited by James B. Meriwether, Modern Library, 2004, pp. 11-43.

———. "Mississippi." *Holiday*, April 1954, pp. 34-47.

———. "Notes on a Horse Thief." *Vogue*, Jul 1, 1954, pp. 46-51, 101-07.

———. "On Privacy: What Had Happened to the American Dream?" *Essays*, *Speeches & Public Letters*, edited by James B. Meriwether, Random, 1965, pp. 62-75.

———. *The Reivers: A Reminiscence*. 1962. Vintage, 1992.

———. *Requiem for a Nun*. 1951. Vintage, 1975.

———. *Requiem for a Nun*. 1951. *William Faulkner: Novels 1942-1954*, Library of America, 1994, pp. 471-664.

———. *Sartoris*. Harcourt, 1929.

———. *Selected Letters of William Faulkner*, edited by Joseph Blotner, Random House, 1977.

———. "Sepulture South: Gaslight." *Harper's Bazaar*, Dec. 1954, pp. 84-85, 140-41.

———. "Sepulture South: Gaslight." *Uncollected Stories of William Faulkner*, edited by Joseph Blotner, Random House, 1979, pp. 449-55.

———. *Soldiers' Pay*. 1926. Liveright, 1970.

———. *The Town*. 1957. Vintage, 1961.

———. *The Town*. 1957. *William Faulkner: Novels 1957-1962*. Library of America, 1999, pp. 3-326.

———. "William Faulkner's Nobel Prize Acceptance Speech." *Vogue*, March 1, 1951, pp. 166-67.

"Faulkner's Wall Plot." *Life,* August 9, 1951, pp. 77-78.

Ferguson, James. *Faulkner's Short Fiction*. U of Tennessee P, 1991.

Fowler, Doreen. *Faulkner's Changing Vision: From Outrage to Affirmation*. UMI Research P, 1983.

Froehlich, Peter Alan. "Faulkner and the Frontier Grotesque: *The Hamlet* as Southwestern Humor." *Faulkner in Cultural Context*, edited by Donald M. Kartiganer and Ann J. Abadie, UP of Mississippi, 1997, pp. 218-40.

Gandal, Keith. *The Gun and the Pen: Hemingway, Fitzgerald, Faulkner, and the Fiction of Mobilization*. Oxford UP, 2008.

Gresset, Michel and Kenzaburo Ohashi, editors. *Faulkner: After the Nobel Prize*. Yamaguchi Publishing, 1987.

Hickman, Lisa C. *William Faulkner and Joan Williams: The Romance of Two Writers*. McFarland, 2006.

Hines, Thomas S. *William Faulkner and the Tangible Past: The Architecture of Yoknapatawpha*. U of California P, 1996.

Hönnighausen, Lothar. *Faulkner: Masks and Metaphors*. UP of Mississippi, 1997.

———. *William Faulkner: The Art of Stylization in his Early Graphic and Literary Work*. Cambridge UP, 1987.

Hynes, Samuel. *A War Imagined: The First World War and English Culture*. Macmillan, 1990.

James, Pearl. *The New Death: American Modernism and World War I*. U of Virginia P, 2013.

Kadar, Marlene. "Whose Life Is It Anyway? Out of the Bathtub and into the Narrative." *Essays on Life Writing: From Genre to Critical Practice*, edited by Marlene Kadar, U of Toronto P, 1992, pp. 152-61.

Karl, Frederick R. *William Faulkner: American Writer*. Weidenfeld and Nicholson, 1989.

Kartiganer, Donald M. "'So I, Who Had Never Had a War . . .': William Faulkner, War, and the Modern Imagination." *Faulkner and His Critics*, edited by John N. Duvall, Johns Hopkins UP, 2010, pp. 97-121.

Keene, Jennifer D. *Doughboys, the Great War and the Remaking of America*. Johns Hopkins UP, 2001.

Keller, Judith. "Faulkner Country." *Walker Evans: The Getty Museum Collection*. J. Paul Getty Museum, 1995, pp. 329-37.

Koyama, Toshio. "Faulkner's Final Narrative Vision in *The Reivers*: Remembering and Knowing." Gresset and Ohashi, pp. 227-43.

Ladd, Barbara. "William Faulkner, Edouard Glissant, and a Creole Poetics of History and Body in *Absalom, Absalom!* and *A Fable*," *Faulkner in the Twenty-First Century*, edited by Robert W. Hamblin and Ann J. Abadie, UP of Mississippi, 2003, pp. 31-49.

Lowe, John. "Fraternal Fury: Faulkner, World War I, and Myths of Masculinity." *Faulkner and War: Faulkner and Yoknapatawpha, 2001*, edited by Noel Palk and Ann J. Abadie, UP of Mississippi, 2004, pp. 70-101.

Lyotard, Jean-François. *The Postmodern Condition: A Report on Knowledge*. 1979. Translated by Geoff Bennington and Brian Massumi, U of Minnesota P, 1984.

Martin, Jay. "'The Whole Burden of Man's History of His Impossible Heart's Desire': The Early Life of William Faulkner." *On William Faulkner: The Best from "American Literature,"* edited by Louis J. Budd and Edwin H. Cady, Duke UP, 1989, pp. 162-84.

Matthews, John T. *William Faulkner: Seeing Through the South*. Wiley-Blackwell, 2009.

McMullan, Gordon and Sam Smiles. *Late Style and Its Discontents: Essays in Art, Literature, and Music*. Oxford UP, 2016.

Mellows, James R. *Walker Evans*. Basic, 1999.

"memoir, n." *OED Online*. Oxford University Press, September 2014. Web. 17 September 2014.

Meriwether, James B., editor. *Essays, Speeches & Public Letters: William Faulkner*. Modern Library, 2004.

———, editor. "A Note on *A Fable*." *The Mississippi Quarterly*, vol. 26, no. 3, 1973, pp. 416-17.

Millgate, Michael. "Faulkner: Is There a 'Late Style'?" *Faulkner's Discourse: An International Symposium*, edited by Lothar Hönnighausen, Max Niemeyer Verlag, 1988, pp. 271-75.

Minter, David. *William Faulkner: His Life and Work*. Johns Hopkins UP, 1980.

Mora, Gilles. "Havana, 1933: A Seminal Work." Translated by Christie McDonald. *Walker Evans: Havana 1933*, by Walker Evans, edited by Gilles Mora and sequenced by John T. Hill, Pantheon, 1989, pp. 8-24.

Mortimer, Gail. "Evolutionary Theory in Faulkner's Snopes Trilogy." *Rocky Mountain Review of Language and Literature*, vol. 40, no. 4, 1986, pp. 187-202.

Nichol, Frances Louisa. "Flem Snopes's Knack for Verisimilitude in Faulkner's Snopes Trilogy." *Mississippi Quarterly*, vol. 50, no. 3, 1997, pp. 493-505.

Ole Miss, vol. xxi, 1920-1921, p.135.

Polk, Noel. *Children of the Dark House: Text and Context in Faulkner*. UP of Mississippi, 1996.

———. *Faulkner's* Requiem for a Nun*: A Critical Study*. Indiana UP, 1981.

———. "'The Force that through the Green Fuse Drives': Faulkner and the Greening of American History." *Faulkner in America*, edited by Joseph R. Urgo and Ann J. Abadie, UP of Mississippi, 2001, pp. 45-63.

Prenshaw, Peggy Whitman. "Surveying the Postage-Stamp Territory: Eudora Welty, Elizabeth Spencer, and Ellen Douglas." *Faulkner and His Contemporaries*, edited by Joseph R. Urgo and Ann J. Abadie, UP of Mississippi, 2004, pp. 113-31.

Railey, Kevin. *Natural Aristocracy: History, Ideology, and the Production of William Faulkner*. U of Alabama P, 1999.

Rankin, Thomas. "The Ephemeral Instant: William Faulkner and the Photographic Image." *Faulkner and the Artist*, edited by Donald M. Kartiganer and Ann J. Abadie, UP of Mississippi, 1996, pp. 294-317.

Rathbone, Belinda. *Walker Evans: A Biography*. Houghton Mifflin, 1995.

Reid, Panthea. "William Faulkner's 'War Wound': Reflections on Writing and Doing, Knowing and Remembering." *Virginia Quarterly Review*, no. 74, vol. 4, 1998, pp. 597-615.

Renner, Charlotte. "Talking and Writing in Faulkner's Snopes Trilogy." *Southern Literary Journal*, vol. 15, no. 1, 1982, pp. 61-73.

Robinson, Owen. "Interested Parties and Theorems to Prove: Narrative and Identity in Faulkner's Snopes Trilogy." *The Southern*

Literary Journal, vol. 36, no. 1, 2003, pp. 58-73.

Rollyson, Carl. *The Life of William Faulkner: This Alarming Paradox, 1935-1962*. U of Virginia P, 2020.

Rossky, William. "*The Reivers*: Faulkner's *Tempest*." *William Faulkner: Critical Assessments*, edited by Henry Claridge, vol. 3, Helm Information, 1999, pp. 261-71.

Samway, Patrick. *Faulkner's* Intruder in the Dust*: A Critical Study of the Typescripts*. Whitston Publishing Company, 1980.

Schwartz, Lawrence H. *Creating Faulkner's Reputation: The Politics of Modern Literary Criticism*. U of Tennessee P, 1988.

Sensibar, Judith. *Faulkner and Love: The Women Who Shaped His Art*. Yale UP, 2009.

Singal, Daniel J. *Faulkner: The Making of a Modernist*. U of North Carolina P, 1997.

Skei, Hans H. *William Faulkner: The Novelist As Short Story Writer.* Universitetsforlaget, 1985.

Skinfill, Mauri. "The American Interior: Identity and Commercial Culture in Faulkner's Late Novels." *The Faulkner Journal*, vol. 21, no. 1-2, 2005, pp. 133-44.

Stein, Jean. "William Faulkner: An Interview." *Paris Review* 12, spring, 1956, pp. 28-52. Rpt. in *Lion in the Garden: Interviews with William Faulkner, 1926-1962*, edited by James Meriwether and Michael Millgate, Random House, pp. 237-56.

Storey, Isabelle. *Walker's Way: My Years with Walker Evans*. powerHouse Books, 2007.

Tate, Trudi. *Modernism, History and the First World War*. Manchester UP, 1998.

Towner, Theresa M. *Faulkner on the Color Line: The Later Novels*. UP of Mississippi, 2000.

Trimmer, Joseph F. "V. K. Ratliff: A Portrait of the Artist in Motion." *Modern Fiction Studies*, vol. 20, no. 4, 1975, pp. 451-67.

Urgo, Joseph R. *Faulkner's Apocrypha:* A Fable*, Snopes, and the Spirit of Human Rebellion*. UP of Mississippi, 1989.

Waid, Candace. *The Signifying Eye: Seeing Faulkner's Art.* U of Georgia P, 2013.

Wasson, Ben. *Count No' Count: Flashbacks to Faulkner*. UP of Mississippi, 1983.

Watson, James G. *The Snopes Dilemma: Faulkner's Trilogy*. U of Miami P, 1968.

———. *William Faulkner: Self-Presentation and Performance*. U of Texas P, 2000.

———, editor. *Thinking of Home: William Faulkner's Letters to His Mother and Father, 1918-1925*. Norton, 1992.

Watson, Jay. *William Faulkner and the Faces of Modernity.* Oxford UP, 2019.

Wells, Dean Faulkner. *Every Day by the Sun: A Memoir of the Faulkners of Mississippi*. Crown, 2011.

Wilhelm, Randall S. "Faulkner's Big Picture Book: Word and Image in the *Marionettes*." *Faulkner Journal*, vol. 19, no. 2, 2004, pp. 3-24.

"William Faulkner." *Omnibus: American Profiles*, Entertainment One, 2011.

"William Faulkner—After Ten Years, *A Fable*." *Newsweek*, August 2, 1951, pp. 18-52.

Williamson, Joel. *William Faulkner and Southern History*. Oxford UP, 1993.

Wilson III, Raymond J. "Imitative Flem Snopes and Faulkner's Causal Sequence in *The Town*." *Twentieth Century Literature*, vol. 26, no. 4, 1980, pp. 432-44.

Wittenberg, Judith Briant. "*The Reivers*: A Conservative Fable?" Gresset and Ohashi, pp. 211-66.

Woodward, Catherine. "Telling Stories: Aging, Reminiscence and the Life Review." *Doreen B. Townsend Center Occasional Papers* 9. Doreen B Townsend Center for the Humanities, University of California, 1997.

"Wooldridge Monuments." National Register of Historic Places, National Park Service, npgallery.nps.gov/NRHP/GetAsset/a22eb776-5a81-4675-a248-4e9bf8de7e31.

Yamamoto, Yuko. "From Hemingway to Faulkner via Evans: 'One Trip Across,' 'Sepulture South,' and the Visual Aesthetics of Writing." *Faulkner and Hemingway*, edited by Christopher Rieger and Andrew B. Leiter, Southeast Missouri State UP, 2018, pp. 55-79.

———. "When Faulkner Was in *Vogue*: The American Women's Magazine Fashioning a Modernist Icon." *Journal of Modern Periodical Studies*, vol. 11, no. 1, 2020, pp. 127-43.

Yoshida, Michiko. "Faulkner's Comedy of Motion: *The Reivers*." Gresset and Ohashi, pp. 197-210.

Zender, Karl F. *The Crossing of the Ways: William Faulkner, the South, and the Modern World*. Rutgers UP, 1989.

Ziegler, Heide. "Faulkner's Rhetoric of the Comic: *The Reivers*." *Faulkner's Discourse: An International Symposium*, edited by Lothar Hönnighausen, Niemeyer, 1989, pp. 117-26.

アドルノ、テオドール・W『楽興の時』三光長治・川村二郎訳（白水社、一九九四年）。

金澤哲『フォークナーの『寓話』──無名兵士の遺したもの』（あぽろん社、二〇〇七年）。

サイード、エドワード・W『晩年のスタイル』大橋洋一訳（岩波書店、二〇〇七年）。

相田洋明『フォークナー、エステル、人種』（松籟社、二〇一七年）。

高橋宏「『ジ・オックスフォド・イーグル』紙上のフォークナ関係記事（パート5）」『信州大学教養部紀要』二〇号（信州大学教養部、一九八六年）、八三−一七〇頁。

田中敬子『フォークナーのインターテクスチュアリティ──地方、国家、世界』（松籟社、二〇二三年）。

花岡秀「ウィリアム・フォークナー」『酔いどれアメリカ文学──アルコール文学文化論』（英宝社、一九九九年）、二〇三−五三頁。

ボードリヤール、ジャン『象徴交換と死』今村仁司、塚原史訳（ちくま学芸文庫、一九九二年）。

──『消費社会の神話と構造』今村仁司、塚原史訳（紀伊國屋書店、一九九五年）。

ルジュンヌ、フィリップ『自伝契約』花輪光監訳（水声社、一九九三年）。

初出一覧

本書は、著者の一〇年にわたるフォークナーの後期作品に関連する研究成果を〈レイト・スタイル〉という観点から一冊の本としてまとめたものであり、すでに活字として発表された内容を含んでいる。各章の基となっている論文の初出は、以下のとおりである。なお、これらの論文を本書に収録するにあたっては、序章で述べた本書の構成にあわせて、表題変更などを含めた加筆修正や構成変更を施している。

序　章　書き下ろし
（一部、「フォークナーのレイト・スタイル――後期作品におけるメモワール形式と老いのペルソナ」金澤哲編『ウィリアム・フォークナーと老いの表象』（松籟社、二〇一六年）

の「はじめに」に基づく。）

第一章　「フォークナーのレイト・スタイル——後期作品におけるメモワール形式と老いのペルソナ」（金澤哲編『ウィリアム・フォークナーと老いの表象』（松籟社、二〇一六年）の第二節。

第二章　書き下ろし
（一部、「フォークナーのレイト・スタイル——後期作品におけるメモワール形式と老いのペルソナ」（金澤哲編『ウィリアム・フォークナーと老いの表象』（松籟社、二〇一六年）の第三節一項に基づく。）

第三章　「フォークナーのドラマトゥルギー——『操り人形』から『尼僧への鎮魂歌』へ」『アメリカ演劇』三〇号、二〇一九年、四七-六五頁。

第四章　書き下ろし
（一部、「ふたりの「レイト・モダニスト」？——ウィリアム・フォークナーとウォーカー・エヴァンズ」、日本ウィリアム・フォークナー協会第一五回全国大会、二〇一二年一〇月一二日、未出版原稿に基づく。）

フォークナーの晩年様式《レイト・スタイル》――その展開と変容

第五章　書き下ろし（一部、「「失われた世代」の戦争神話――Faulkner, *Soldiers' Pay*, 戦後印刷文化」『アメリカ文学研究』五三号、二〇一七年、二一―三五頁に基づく。）

第六章　「アメリカン・ドリームの申し子――フレム・スノープスと五〇年代のフォークナー」貴志雅之編『アメリカ文学における幸福の追求とその行方』（金星堂、二〇一八年）二七一―八八頁。

第七章　「レトロ・スペクタクル――モダニズムの晩年とフォークナーの「老い」の政治学」金澤哲編『アメリカ文学における「老い」の政治学』（松籟社、二〇一二年）一一三―五三頁。

終　章　「レトロ・スペクタクル――モダニズムの晩年とフォークナーの老いの政治学」金澤哲編『アメリカ文学における「老い」の政治学』（松籟社、二〇一二年）の第一節一項と第三節、「フォークナーのレイト・スタイル――後期作品におけるメモワール形式と老いのペルソナ」（金澤哲編『ウィリアム・フォークナーと老いの表象』（松籟社、二〇一六年）の第三節二項と「おわりに」。

あとがき

五〇歳の節目の年に、本書を刊行できたことを大変嬉しく思う。執筆を進めるうち、後期作品と初期作品とを繋ぐ間テクスト性を思いがけず見出すことができたことが一番の収穫であった。フォークナーの晩年様式の展開と変容を探るという当初の目的がどれほど達成できたかは心もとないが、本書が、多少なりともフォークナーの後期作品研究の活性化の一助となれば、望外の喜びである。

本書の執筆にあたっては、多くの先生方のお世話になった。ここに全員のお名前を挙げることはできないが、この場を借りてこれまでのご指導やご助言に衷心よりお礼申し上げたい。私の研究の原点となっている、同志社大学大学院時代の指導教授である岩山太次郎先生と林以知郎先生の学恩に感謝する。同大学院出身の揃いもそろって優秀で有能な先輩諸姉先生方にも、長年のご高配に感謝の意を伝えたい。本書の出発点となり核となったのは、拙稿「レトロ・スペクタクル――モダニズムの晩年とフォークナーの「老い」の政治学」（二〇一二年）である。共著の企画と研究会の活動によってフォークナーの後期作品へ誘ってくださった金澤哲先生に感謝を捧げたい。先生主宰の研究会の末席を汚すことで、これまで何とか研究を続けることができた。研究会メンバーの先生方との刺激的な交流がなければ、本書は生まれなかっただろう。

また、日本アメリカ文学会、日本ウィリアム・フォークナー協会、アメリカ演劇学会をはじめとする国内学会や国際学会には、本書のもととなる貴重な発表の機会を与えていただいた。頂戴した示唆に富む質問やコメントは、本書の議論にも活かされている。とりわけ、酒席をともにした先生方にお礼申し上げたい。関西学院大学名誉教授の花岡秀先生や立教大学教授の新田啓子先生には、研究者や大学人としてのあるべき姿を学ばせていただいている。そして、機会があるごとに単著を出すようにと叱咤激励くださった広島大学名誉教授の田中久男先生、千葉大学名誉教授の土田知則先生に心より感謝の意を表する。大阪大学名誉教授の貴志雅之先生には本書を博士号請求論文として大阪大学に提出するようご助言いただき、大阪大学教授の渡邉克昭先生には紹介教員をお引き受けいただいた。両先生のご厚意に深く感謝申し上げる次第である。

本書の刊行が可能になったのは、ひとえに松籟社の木村浩之氏のご尽力による。その迅速、丁寧、正確な編集校正作業と、様々な問題への臨機応変なご対応には大いに助けられた。松籟社よりフォークナー研究に関する単著を上梓されている相田洋明先生と田中敬子先生の後になんとか続くことができたことを大変光栄に思っている。

なお、本書の刊行にあたっては、日本学術振興会より令和五年度科学研究費補助金（研究成果公開促進費）の助成を受けた。また、本書は、JSPS科研費24720139, 15K02346, 15K02368, 20K00383, 23K00352による研究成果の一部である。米国メトロポリタン美術館にはウォーカー・エヴァンズ特別コレクション関連の貴重な資料の閲覧・撮影の許可をいただいた。記して感謝する。

研究生活も後期に突入してしまったと思うと、感慨深いものがある。これまでの研究生活の支えとなっているのは、ずっと変わらぬ両親からの励ましである。また、生活に関わること全般が苦手な私に耐え忍び、一緒に人生を歩んでくれている夫にはいつも助けられてきた。日々の愛と献身に感謝して、本書を捧げる。

二〇二三年九月六日　　山本　裕子

【わ行】

【や行】

【ら行】

【ま行】

【な行】

【は行】

【た行】

【さ行】

【か行】

◉ 索 引 ◉

・本文および注で言及した人名、作品名、媒体名、歴史的事項等を配列した。

[あ行]

【著者】

山本裕子（やまもと・ゆうこ）

同志社大学大学院文学研究科英文学専攻博士課程（後期課程）満期退学。米国コロンビア大学大学院人文科学研究科英文学及び比較文学専攻修士課程修了。

現在、千葉大学大学院人文科学研究院准教授。

専門はアメリカ文学・文化研究、特に William Faulkner を中心とした 20 世紀南部小説。

著書に *Faulkner's Families*（共著、University Press of Mississippi）、*Faulkner and Hemingway*（共著、Southeast Missouri State University Press）、『ウィリアム・フォークナーの日本訪問』（共著、松籟社）、『ウィリアム・フォークナーと老いの表象』（共著、松籟社）などがある。

フォークナーの晩年様式《レイト・スタイル》——その展開と変容

2023 年 12 月 25 日　初版第 1 刷発行　　定価はカバーに表示しています

著　者　　山本裕子

発行者　　相坂一

発行所　　松籟社（しょうらいしゃ）
〒 612-0801　京都市伏見区深草正覚町 1-34
電話　075-531-2878　振替　01040-3-13030
url　http://www.shoraisha.com/

印刷・製本　モリモト印刷株式会社
装幀　西田優子

Printed in Japan

Ⓒ 2023　ISBN978-4-87984-448-4　C0098